Crónicas post mortem

Roberto Meléndez

ISBN-13: 978-1-63065-167-1

PUKIYARI EDITORES
www.pukiyari.com

Volumen dedicado a toda mujer que se enorgullezca de serlo. Aquella dama que lucha con valentía para perseguir su propio destino. Hoy la mujer vive otra vida, en lugar de habitar en la de él. En el pasado, si él decía cuando y como, ella tenía que seguirlo. Hoy, la mujer se ha escabullido por lo alto de sus cadenas para volverse libre y soñar por lo que quiere, haciéndolo en plena libertad.

—ROMEL

Índice

ROSARIO CASTELLANOS Y ELENA GARRO

Preámbulo

Elena Garro y Rosario Castellanos
Mujeres escritoras marcadas por la historia

Ambas fueron un ejemplo en la literatura mexicana, escritoras y periodistas. El siglo XX las vio pasar exhibiendo su ambición por la liberación femenina, un rasgo que marcó su principio y su final en la proyección de sus vidas. Vivieron en tiempos en donde la mujer no era libre del todo en su patria. Sus obras fueron y seguirán siendo recordadas y aplaudidas mientras que a la literatura le quede tiempo de existir sobre la estantería de las bibliotecas y las librerías.

Los recuerdos del porvenir y *la Semana de colores* son dos libros de donde la Garro hace de las suyas respaldando el orden feminista y gramatical; exponiendo su manera de pensar y dándole a entender al país mexicano que la mujer debía ocupar, ya, puestos importantes, no solo en la cocina, sino también haciendo vida en la política, en la sociedad, y en los medios publicitarios. Elena Garro sin duda fue un modelo feminista ejemplar, que hoy nos toca reverenciar.

Y qué decir de la feminista y luchadora empedernida por defender los derechos de la mujer como ser humano y pilar de la familia. Rosario Castellanos voló hacia el más allá llevándose consigo a *Balún Canán*, su primera obra literaria con la que se dio a conocer. Y no está de más rememorar su obra con algunos pasajes literarios como *Mujer que sabe latín* y *El eterno femenino*.

Una mujer con amplio poder en su imaginación para describir la época en que vivió.

Comencemos este ensayo, y su complemento, para honrar la memoria de estas dos hermosas novelistas, dramaturgas y periodistas, y reconocer su perseverancia a través de los tropiezos y dificultades que marcaron el camino de la mujer a lo largo del siglo XX.

Roberto Meléndez

Rosario y Elena
I

UNO

Afuera el tiempo llora, se cae el cielo a pedazos, quejándose de su dilatada presencia nubosa, ante el tiempo gris y lacrimoso. El azul se pierde con los vientos que merodean las instancias de una tarde doliente. La bóveda y el crepúsculo se difuminan, ensombrecen sus fulgores y desde las alturas escapan huellas rencorosas que atropellan la mirada. Viento, lluvia, niebla, sombra. Algo ocurre con el clima. Parece que la tarde atormentada y oscura prevé un vínculo entre el mundo real y el espiritual.

Adentro, inspira el exterior. La vorágine del cielo quiere entrar, pero la puerta y los cristales de la casa obstruyen su misión. Una luz lánguida se esparce en los rincones, viaja enredada entre los muebles, cediendo sombras eléctricas en la alfombra. El espacio es confortable, aunque las paredes vítreas suden entre la discordia del afuera y del adentro. La casa de madera atemperada atestigua el dolor del cielo. Resiste ecuánime sus truenos y le acompaña en esa humedad que comparte con su techo de teja acanalada.

Es una casa amiga de la tregua y el remanso. Vive de esos elementos. Se nutre de la manifestación genuina de las fuerzas de la naturaleza y las licúa en su interior. Sus paredes atesoran las voces del pasado. Resguardan el tiempo en los rostros del arte y del amor por las letras. Una membresía sempiterna del recuerdo. Su inspiradora esencia muestra cuadros, fotografías y lienzos que adornan los muros. Lo clásico de su música infinita suaviza los sentidos con su magia instrumental. Un hogar que alberga la historia de la palabra, la biografía del poeta, el lienzo del pintor y la filosofía de la literatura. Un espacio en donde se percibe el pasado, donde se gestan los sonidos del tiempo y la imaginación retoza hasta el infinito ámbito de la abstracción. Llueve torrencialmente sobre las calles adoquinadas. La lejanía de esta casa recoge el soplo del viento y lo invita a entrar medroso por las rendijas. La sala, con iluminación tenue, presume una mesa de centro y en ella se ostentan tres copas de vino.

Aquí y ahora, un novelista bien presentado, un soñador que posee la habilidad de gobernar su conciencia, se prepara para navegar entre la esfera del sueño teatral y el espacio astral. Curvea y bordea sus intenciones entre los vericuetos de una conciencia dual, es decir, estar consciente del sueño mientras interactúa en el mismo. Sabiendo que duerme, percibe al igual los estímulos relacionados con la fuente de su inspiración. Dispone de su conocimiento, sueña lo que quiere soñar. Construye con su materia gris la bella imagen de sus dos escritoras favoritas: Rosario Castellanos y Elena Garro. Las piensa, las muda, las convierte, las dibuja y posee. Las envuelve en su propia realidad, desgarrando la barrera del tiempo y las deposita en un instante hundido. En el tránsito de su astralidad se conecta con el perfil indeleble de sus escritoras, creándolas y transformándolas a su entera voluntad. Las traslada de un sitio a otro en donde él se hace presente, de manera que las escenas literalmente se desarrollan ante sus ojos.

Es así como dos mujeres del siglo XX comparten con aquel novelista el ayer y el ahora, el adentro y el afuera, la oscuridad y la luz de la naturaleza. Pasado y presente reunidos en esta atmósfera onírica, ingrávida, sublime, hogar ideal para el llamamiento de unas palabras compartidas. Es por ello que este poeta soñador no es responsable de los pensamientos que flotan y penetran en su mente, pero sí del momento en que se apropia de ellos, los consume y en seguida los libera con renovado ímpetu.

DOS

Ya en la sala, compartiendo las miradas, cada quien con su copa de vino defendida en su mesa, se rompe el silencio y los pensamientos se convierten en palabras…

—¿Te gusta ver llover torrencialmente Rosario?

—No mucho. En mi terruño querido los aguaceros lo cubrían todo, los rayos me espantaban de chiquilla. Si no es por mi nana que me consolaba, hubiera muerto de miedo. Llovía con ganas entonces, como llueve ahora aquí afuera. Se inundaban los mercados y los ranchos. Entre mi nana y yo poníamos costales en el patio pa' que no entrara agua a la casa. Pero a veces el cielo se cobraba sus reclamos, nos llovía como si fuera el diluvio final.

—¿Cómo era tu nana?

—Se llamaba Rufina. Una indígena de huaraches y faldas anchas y ampulosas, de trenzas con listones rojos, pero muy entendida.

—¿Qué fue lo que ella te enseñó?

—Todo, me lo enseñó todo; pero lo más importante y principal: cómo torear a mi padre.

—¿Por qué lo dices?

—Porque tenía unos modos estúpidos para mangonear a los nativos del lugar. Los maldecía a cada rato y les hablaba como viles esclavos. Eso me ponía la piel chinita de coraje. ¡Ah! Pero que no tocara a mi nana, porque eso sí, le dejaba de hablar varios días. Le ponía la ley del hielo. ¡Pos este! Aunque mi mamacita me regañara.

—¿Supongo que te castigaban?

—Sí, rete harto. Luego me mandaban a la cocina con la Rufina. ¡Pa' mí mejor...! Aprendí a hacer quesadillas embarradas de queso, revueltas con flor de calabaza, quelites, huitlacoche, o con champiñones, que mi nana las conocía como hongos. Yo la veía arrancándolos de la mismísima maleza. Mi nana era todo para mí. Me enseñaba cómo hacer el mole café y el negro, y el mole amarillo, como en Oaxaca. A tatemar los chiles y tirar las tortillas en el comal. ¡No lo hacía mal, de verdad! Todo tenía su chiste. No nomás así por así.

—¿Qué era lo que más se acostumbraba en tu terruño?

—De entre muchas, había una costumbre muy arraigada que me fascinaba. Los domingos por la tarde, nos íbamos a la placita del centro de Comitán; y en torno a ella, los hombres caminaban dando vueltas a la derecha y nosotras, las viejas, pa' la izquierda. Entonces, dando vueltas, ellos, los sombrerudos, según la costumbre de hace un montón de años, se encontraban de frente con ellas, las trenzudas. Si alguna de ellas les gustaba, pos la abordaban y si la muchacha aceptaba la invitación, quería decir que permitía que la acompañara en las siguientes vueltas a la plaza. Y ahí se iniciaba una amistad que luego, pos, si corría con suerte y un ganchito, se prendían relaciones largas, o noviazgos que hartas veces terminaban en casorio. Una cosa bonita. Muy romántica.

—¿Alguna ocasión te tocó suerte?

—Yo siempre iba con mi Rufina. Era mi cómplice. Si no me gustaba quien me pretendía, le arrimaba a mi nana y ella se encargaba de despedirlo y darle las gracias. Como si fuera mi secretaria de lo particular, pero de lo muy particular. Además, de todo nos reíamos hasta de la mosca que pasaba. Era un tijereteo a diestra y siniestra, aquello nos bastaba pa' pasarla bien padre. Fueron tardes deliciosas.

—Bueno, y qué tal eras con el asunto de la religión, ¿ibas seguido a misa?

—Pos claro que iba a misa. Había dos fechas importantes en la iglesia. En agosto, a rezarle a nuestro patrono Santo Domingo pa' que viera lo de la cosecha y también pa' que le echara un ojito a la familia. Yo rezaba por mi nana. Harto que la quería. Y en noviembre, a celebrar el Día de los Muertos. ¡Uuh…! Eran días de fiesta, más que de guardar. Se ponía re bonito mi pueblo. ¡Poníamos los altares bien chulos! Con muchos retratos de los abuelos y de los tíos fallecidos. Incluso de artistas que queríamos recordar. Le ayudaba a mi nana a hacer verdaderos manjares. Nos metíamos a la cocina desde tempranito, y no salíamos de allí hasta quedar satisfechas con lo que íbamos a poner en la mesa y en el altar de los muertitos. Guisos con la combinación de pollo, puerco y hierbas, nos quedaban como para chuparse los dedos. Deliciosos. ¿Y qué decir de la sabrosísima cochinita pibil? Además, les dejábamos sobre el altar sendos jarros de café de Chiapas. Mi padre tenía un cafetal, por eso era fácil conseguirlo. El Día de los Muertos, los inditos y mi nana se vestían de gala para ir al templo. Festejábamos a la huesuda muy a nuestra manera. En esas festividades la tradición era la premiada. Todos los del pueblo, después de comer un buñuelo en un plato extendido de barro, lo aventaban hacia el cielo y lo rompían pidiendo, al mismo tiempo, un ferviente deseo. Lo hacíamos afuerita de la iglesia. Una especie de ceremonia cristiana que el conquistador donó al indígena. Un hábito de los gachupines. Pero, bueno, no nos caía mal hacerlo.

—¡Te ves admirable Rosario! ¡Se ve que descansas bien en la Rotonda de las Personas Ilustres!

—Te oyes irónico. Así no me caerás bien. Pero sí, tienes razón, es un lugar cómodo, lejos de la tiranía y el odio mundano. Sólo me entero de los temblores. En el Soconusco no había nada de eso. De hecho, los temblores los sentí hasta que llegué a la capital. Antes no. Donde reposo son muy frecuentes, pero yo ni cuenta.

—¿Te sientes bien en tu subterráneo silencio?

—¡Sí! He hallado tranquilidad, quietud y reposo en el subsuelo. Igualito que en mi selva chiapaneca cuando uno se mete hasta dentro. Si caminaba más allá de diez metros del límite del rancho, ya encontraba selva. Una vista bien tupida de yerba, súper verde. Luego, jugábamos a las escondidas y con esa espesura era difícil hallarnos. Lo que distinguías de esa frondosidad era el silencio, el boscoso silencio. Y cuando se tardaban en encontrarte, mejor salías de tu escondite por temor a que te saliera algún animal de por ahí. Una araña patona, un ciempiés o de esas hormigas que el piquete te dolía rete harto. O cuidado con recargarse en un árbol de corteza venenosa, porque te rascabas hasta arrancarte un pedazo de piel. Lo bueno fue que desde chiquilla aprendí cuáles eran esos troncos. Lo mismo pasaba con el miedo, también me hacía mella, porque precisamente de esas espesuras se contaban cosas feas, de apariciones y ánimas rondando los caminos. Así que ahora, donde estoy, disfruto de un sosiego enclaustrado y por eso no me hace temblar. La verdad es que necesitaba estar sola con mis cosas. Me urgía sentirme bien. Al fin lo he logrado.

—Hablando de tu Chiapas, y conociendo tus perfiles literarios, te diré que aún te recuerdan como el símbolo del feminismo latinoamericano.

—Estaría mal si no lo hicieran, ¿no crees? En mis libros, como *Balún Canán* y *Ciudad Real,* me desgasté noches enteritas describiendo y contando detalladamente decenas de situaciones en las que defendí a los míos. Hacerlo me satisfacía. Me llenaba de orgullo. Era lo menos que podía hacer por ellos. Los defendí de la perversidad del capataz y el mayoral, del hambre, de la extrema pobreza, del modo infame en que los abusaban, de la falta de consideración de quienes los sometían. Realmente los trataban como prisioneros. Nadie me lo cuenta, yo lo viví. Me daba harta muina. Por eso, en cuanto pude denunciarlo, lo hice, sin pensar en lo que podría ocurrirme.

—Te oigo decir los míos, ¿por qué? ¿Alguna propiedad sobre su humanidad?

—¡Porque todo lo que amo lo considero mío! Nuestra sociedad moderna está lejos de ser un modelo: muchas de sus expresiones son una carpeta de infamias y de estupideces. Seguimos con las desigualdades abismales y el egoísmo feroz desde que me fui. Aparte del calorón que hace en el histórico Palenque y de la siempre hermosa San Cristóbal de las Casas, ahí no ha ocurrido nada especial. Me siento lastimada y agredida al ver como siguen jodiendo a mi indígena chiapaneco, también al oaxaqueño. Se pasan por el arco del triunfo sus usos y costumbres. Abusan de su ignorancia, analfabetismo y su indulgencia.

—¿Añoras tu infancia?

—Extraño las trojes, las mazorcas, el gallinero, las mantas y las mulas. El jarro de atole y la leche de burra. El relincho del caballo, el ladrido del campeón y el mojón de la res que jalaba el arado. Ya no oigo el acento comiteco que tantas veces me enamoró. Pero, lo traigo dientrito, como decía Pedrito Infante, aquí mero, en la punta de la lengua. Seguido sueño con los caminos hechos lodazales que mis guaraches resistían al paso de las tardes. Me acuerdo del calor que se quedaba en mi piel, como si me abrazara para no olvidarme. El sudor del cuello encandilado detrás de las orejas. Mis palmas sudadas y mi cabello sujeto pa' que no se me volaran las greñas.

—¡También relataste eso en tus libros!, ¿verdad?

—¡Pos claro! La razón de esas narraciones era el denunciar y hacer del dominio público las condiciones miserables, inhumanas, en que sobrevivían los indígenas pisoteados por el hombre blanco… ¡Y a la fecha!, ¡eh! Sigue sin hacerse nada. Ojalá y llegase un empresario visionario que invirtiera sus billetes en esos lugares para instalar una fábrica o una maquiladora, pa' que la gente tuviera en que pasar las mañanas y ganara su dinerito y no muriera desnutrida. Y así sus escuincles terminaran la escuela secundaria.

—¿Puedes mirar atrás con el placer que presta la distancia?

—No me place mirar hacia atrás. Sí, me aproveché de la pluma y el papel. De mi destierro a Israel. De lo que me tocaba por vivir. De la historia que compartí con muchas mexicanas. ¡Y qué! La verdad, me faltaron miles de cosas por hacer. Por ejemplo, me faltó decir que la conformación de la humanidad por mujeres y hombres se ve obstaculizada por el sexismo que atraviesa el mundo de hoy, y se expresa en políticas, en diversas formas de relación y comportamiento, en actitudes y acciones entre las personas. Nuestra cultura es sexista, en ocasiones sutil e imperceptible, pero a veces grave. En otras es sexista de manera explícita, contundente e innegable. Para que quede claro, las formas relevantes de sexismo son el machismo, la misoginia y la homofobia. Y una característica común a todas ellas es que son la expresión de formas acendradas de dominio masculino. El sexismo se basa en la visión del mundo que sitúa al hombre como centro de todas las cosas. En el *Diccionario Larousse* puedes encontrarlo como androcentrismo. Lo que quiero decir con lo anterior es que esto permite considerar socialmente la postura de que todo lo masculino es superior, mejor, más adecuado, más capaz, y más útil que lo femenino. En fin, esto y más me faltó decir, tal vez porque en aquella época de mi vida la idea todavía no llegaba completa a mi cerebro. Me quedé en ascuas.

—¿Y cómo es que aspirabas a manifestar esta filosofía sexista ante ese México retrograda de machos masculinos? Déjame te digo, incluso ahora, en pleno siglo XXI, todavía te los encuentras en las calles, ¡eh!

—A través de la literatura escrita, de conferencias, en discursos, incluso usando mi persona, impulsando estas ideas hasta en las planas de los Derechos Humanos. Antes que yo, muchas mujeres habían publicado evidencias en contra de la misoginia. Ellos han aplastado el mundo de las mujeres desde los principios bíblicos, es hora de ponerlos en su lugar a través de una lucha por el equilibrio de los géneros.

—Los libros, la literatura, las letras, el arte, la diplomacia. ¡No niegues que en este ambiente te sentías como el pez en el agua!

—Te recuerdo que todavía no existía la computadora. Te cansaba escribir. Y también te llegaba a fastidiar el teclado de la máquina de escribir. Anoté ahí, de acuerdo con mis experiencias personales, una buena cantidad de episodios cotidianos de las costumbres y tradiciones de los "Chamulas y Lacandones". Conté lo que viví, lo hice con el corazón. Hoy sigo extrañando el horno de barro donde las criadas cocían el pan, oliendo a abundancia y a bendición, a los canastos y a las servilletas blancas y tiesas por el almidón. Con toda la intención conté esto, para denunciar el abismo entre mi pueblo y el hombre blanco. Por supuesto.

—Cambiemos de tema... ¿Cómo fue que llegaste a la UNAM?

—Por mi padre. Casi me corrió de la casa. Me quitó el pañal y me aventó a la capital. Si hubiera sido hombre, mi futuro, segura estoy, no hubiera sido el mismo. Sería otro cantar. Lo adivino. Para empezar, no habría salido del rancho. Mi padre era un yunque.

—¿Le guardas rencor?

—Cuando murió mi hermano Mario, de apenas siete años, me enteré del comentario que hizo él, cuando se quejó: «¡Ahora no tengo a quien heredarle!». ¡Qué cosa! ¿Impotencia? Me sentí una pulga. Una cucaracha, carajo. Apenas ahí me percaté de lo macho que era mi propio padre. ¡Un garañón! Ese personaje fue quien me dio la vida. Por lo que cuando me desprendí de mi pueblo, increíble pero cierto, "dormí mejor". Años más tarde, mis padres murieron y las tierritas heredadas, de puro coraje, pero con mucha razón y amor, las regalé a los indígenas. Se lo merecían. Me sentí muy satisfecha al cumplir con un deseo bastante hondo. Obvio es decir que mi padre nunca lo hubiera hecho. Tampoco mi madre, por el respetuoso pánico que le profesaba; y como la decisión fue enteramente mía, hice lo que mi corazón dictó. Nunca me arrepentí, razón por la cual una de las calles del pueblo de Comitán lleva mi nombre. Se yergue mi busto en el pueblo y los recuerdos que me gané en la profunda sensibilidad de mi terruño, los conquisté con amor. Sí señor. Amor con amor se paga.

—Sin salirme del mundo de los libros ¿Te agrada que te invoquen como "La Castellanos"?

—Hay cándidos lectores que todavía me leen, lo sé. Les diría que tienen buen gusto. A decir verdad, escribí libros que preferiría sobre otros. Tal vez por los años en que fueron proyectados, sería una razón de ser. Quizás la nostalgia por algunos mayormente sentidos, o porque fueron diseñados exclusivamente con una intención, con un propósito específico.

—¿Te envanece que algunos lectores todavía te busquen en las librerías?

— En ocasiones sí, no lo voy a esconder, pero luego no. Lo que siempre busqué fue transformar la mente de mi lector. Quería convencerlo de tantas cosas que se daban en el país. La extrema pobreza. El maltrato al indígena. El hambre que había en los pueblos alejados de la ciudad. La injusticia de muchos caciques que hacían de las suyas, ante las narices del gobierno complaciente y a veces cómplice. Lo que más me lastimaba era la situación en la que vivían las mexicanas, siempre orilladas por la mano remadora del hombre que no se detenía para sobajarlas, creando su mundo aparte y creyéndose el amado Adán que con su afilada costilla le permitió a la mujer ser humanamente su ayudante. ¡Qué dadivoso!, ¿no? Además, primero que Eva, fue Lilith, precisamente creada del barro y no de la costilla del hombre. Pero bueno, no me quiero meter en camisa de once varas.

—¿Te bastó con acurrucarte en *Poesía no eres tú*? O con el libro que más me gusta: ¡*Mujer que sabe latín!*

—¿Sabes?... siempre me sentí incompleta. Tal vez desde que nací. Lo que más me hubiera gustado es haber sido amada. Escribí porque mi soledad me inspiraba a hacerlo. Una terapia intelectual que, sin querer, me llevó a un oficio bello; el de la literatura. En esos parajes letrados me desahogaba. Quiero confesar que, a veces escribiendo estos libros, lloraba. Mucha de esa literatura vaciada en ellos está escrita con partituras de mi soledad. Una soledad de encierro que yo misma busqué. Un tanto masoquista.

—¿La búsqueda del amor fue la causa de *Poesía no eres tú*?

—Te corrijo. Justamente ahí encontré el amor, en los libros, en la lectura. Porque se siente horrible que nadie te espere en casa. A cierta edad ansías tener una compañía. Conversar con alguien que te escuche. Hoy las jovencitas universitarias que apenas cruzan los veinte, dicen que nunca se casarán. Me gustaría hacerles la misma pregunta cuando se acerquen a los treinta y tres. Evidentemente las expectativas de sus vidas serán otras. Yo lo sé.

—¿Solidaridad al sentido de pertenencia y permanencia?

—Sí, hacen falta, son elementos irremplazables en el alma del ser humano. Mi madre vivió su vida para entregársela completita a mi padre, lo procuraba en todo. Mientras que él se dedicaba a sus negocios. Nunca de los nuncas dejó las cosas al garete. Por ende, mi progenitor no me escuchaba. Los gajes de sus finanzas eran su pasatiempo, su forma de vida, su existencia. Su entorno familiar no existía, solo vivía para su práctica agiotista y obligacionista. Tampoco tuve la fortuna de tener hermanos, el único que nació se fue muy rápido de este mundo. Y así fue mi vida, con muy poco de substancia. Cuando me casé, en poco tiempo mi esposo me dejó por otras. Después nadie se me acercaba, a los machos les da pánico una mujer talentosa e inteligente. Mi posición política los ahuyentaba. Comprendo y comprendí que una mujer diplomática siempre se impone. Por eso no se me arrimaban. Además de que no fui muy amiga del espejo, por nada en especial, simplemente no le dedicaba mucho tiempo a mi apariencia. Lo confieso. Por supuesto, me hubiera gustado pertenecerle a alguien, propiamente dicho, adentrarme en el nicho sentimental de un hombre que me esperara impaciente los fines de semana para disfrutar de nuestra vastedad. Pero este favor nunca se me dio.

—¿Una mujer dolida?

—No tanto, pero sí melancólica y sumamente sensible. Por eso me fugaba en apretadas agendas en mi horario y prolongaba los asuntos en mi trabajo. La oficina llegó a ser mi guarida predilecta.

—Me impresionan tus *Cartas a Ricardo,* se ve que te deshaces, la sumisión que le tenías era inmensa, hasta para hablarle de usted. Déjame recordarte un poco de lo que ahí escribes. *"Me entregué a usted: nunca me he puesto a considerar si fue sólo un momento. Sé que antes de conocerlo era yo una persona completamente distinta de la que soy ahora y que tal y como me ha hecho, le pertenezco. El que usted me sea fiel o no, no me hace variar de actitud. Yo le seré fiel siempre, a toda costa. No me interesa coquetear con nadie. Lo amo a usted. Si usted me falla, si por cualquier motivo nuestro amor no puede realizarse, yo no quiero volver a saber nada de amor con nadie, yo quiero vivir completamente sola y sin que nadie me hable de estas cosas. A usted no puedo substituirlo con nadie. Lo amo a usted, con exclusión del resto del mundo. Lo amo a usted, aunque tenga niñitas y aunque las ame a ellas y aunque no me ame a mí. Lo amo y lo amo…".* Y esto lo escribes cuando aún no te llevaba al altar, perdonándole por anticipado sus felonías, porque, supongo, ya sabías sus pasos desde el momento en que le dices: *"Aunque tenga niñitas y las ame a ellas".* Creo que fuiste demasiado permisiva y complaciente con él desde el principio. Se nota.

—¡No lo niego! ¡Verdaderamente lo amaba! Le perdonaba todo. Yo hubiera querido que me amara del mismo modo que él amaba a sus amantes, pero ni eso logré.

—Bueno hay amantes de paso y amantes de fijo. Créeme que es más difícil ser una buena amante que ser una buena esposa. La naturaleza de estas relaciones sentimentales exige un comportamiento ambiguo y un temperamento especial para soportar y tolerar circunstancias verdaderamente riesgosas. Vivir entre sombras es espinoso. Son asuntos muy crudos para ponerlos sobre la mesa.

—Ya no sé lo que digo, olvídalo.

—Algún misógino dijo que las mujeres son como los libros: siempre tienden a llevárselos a la cama. ¿Qué opinas?

—Le diría a ese estúpido que se siente "Juan Charrasqueado", "que fue muy macho, parrandero y jugador". El machismo mexicano muestra los rasgos de su propia inseguridad masculina. En su carácter de macho, su tendencia natural es excluir a la mujer, pero en su mundo social y emocional la implora y la hiere, porque la requiere para sentirse hombre.

—¿Sientes haber ganado terreno en el espinoso ámbito de la Equidad de Género?

—¡Sí! La mujer había ganado para entonces cosas importantes. Déjame enumerarte algunas. Por ejemplo, ¡elección libre para el matrimonio! Conservo aun en la mente, como los indígenas chiapanecos daban a casar a sus hijas para saldar una deuda económica, o para fortalecer una amistad que encajaba con su linaje. ¡Qué terrible!... Otra, ¡los derechos políticos! Y en especial, el derecho al voto. Lo anterior es porque la mujer prácticamente era un cero a la izquierda. Otra es la ¡independencia en el trabajo! Es decir, libres para elegir dónde y cómo emplearnos. Ya no solamente de criada o de obrera en una fábrica, sino ocupando puestos relevantes en bancos o en instituciones de prestigio. ¡Acceso a la universidad! Mírame, soy un ejemplo de aquel entonces. ¿Me creerías que a Elena Garro y a mí, en las aulas nos miraban como bichos raros? hasta que la mirada masculina se acostumbró a tolerarnos. ¡Igualdad en los derechos civiles! Bueno, eso decían los folletos, la verdad era otra. Una más, ¡derecho al divorcio! Asunto que sí fue una verdadera ventaja. ¿Eso de aguantar una relación marital ya podrida, por no dejar a sus hijos sin padre? ¡Qué poca madre! Patrañas de nuestros ancestros. Chantaje arcaico, utilizado para retener dentro del aula matrimonial a una mujer decidida a romper con las cadenas del pinche macho. Y, finalmente, el asunto de ¡la planificación familiar! Esta cuestión me pareció sumamente importante. Eso de decidir cuántos hijos quiero tener y con quién, estuvo buenísimo.

—¿Te quedaste con algo pendiente?

—Con mucho. Pero veo que incluso ahora sería imposible romperles el hocico a todos los machos de mi país. Decía Facundo Cabral, con justa razón, *"son muchos en el frente, mi general, no se puede contra tantos pendejos"*. En el todavía lenguaje de los adolescentes en pleno desarrollo, términos callejeros como "vieja al último", "pásame a tu hermana", "oye cuñado", "chinga tu madre" tienen connotaciones agresivas que dañan directamente a la imagen de la mujer. Si le diéramos un breve repaso a los grandes insultos del vulgo mexicano, encontraríamos que la imagen femenina es la más vituperada. ¡Obvio!

—¿El machismo lo heredamos o nos lo impuso el conquistador?

—Sabemos que la mujer no fue bien valorizada por el colonizador español, y mucho más desde el momento en que se nos identificó como indígenas. Fuimos vistas como una pieza de relleno. Y el hombre estuvo mejor calificado en la medida en que se identificó con el conquistador. En lo dominante y en lo polivalente. Ayer, y todavía hoy, la mujer es objeto de conquista y posesión, y el hombre sigue viéndose como la viva representación de la fuerza. Mira a mis indígenas chiapanecas. Siguen aplastadas, sumidas en la ignominia. Siguen echando las tortillas en el comal pal' patrón. Cargando los chiquigüites y llevando el petate sobre el lomo como las mulas del corral. ¿Dónde está el futuro y el advenimiento de cosas mejores? ¿De esas que tanto vociferan frente al micrófono?

—¿Desearías algo en especial que sucediera en el sur del país?

—"Otra vez la burra del trigo". Vuelvo a lo mismo. Mis mujercitas indígenas siguen aplastadas, hundidas en el pantano. Echando las memelas en la lumbre pal' patrón. Cargando los costales y llevando el petate sobre el lomo como mulas de corral. Viendo esto yo me pregunto, ¿dónde está el futuro y el advenimiento de cosas mejores? De esas que tanto vociferan los secretarios de educación pública. No es que me empeñe en transformar su ancestral historia, ¡No! Me refiero específicamente a la ocupación que debieran tener las autoridades para instalar hospitales con recursos suficientes para que mis inditas lleguen a parir a sus chiquillos sin riesgo. Escuelas con salones y baños acordes con la modernidad de otras ciudades, sin que los caciques pueblerinos se amañen para utilizarlas como rehén, para negociar con el gobierno federal. Edificios apropiados para la vendimia tradicional en los mercados populares donde mercan sus raíces. Deseable sería que las autoridades se preocuparan por instalar una red de agua potable para que mi gente viva como Dios manda, y que ya no mueran de tifoidea o tuberculosis. ¿Cómo es posible que a estas alturas todavía mueran por este tipo de enfermedades? Justamente eso quisiera. ¿Es mucho pedir? Algo se hace, lo sé, pero a paso de tortuga y con maniobras extremadamente selectivas.

—¿Te motiva el dolor del prójimo?

—Me duele ver el dolor desde mi sofá. Me duele ver el dolor sin prestar ayuda. Considero que ayudar a las personas que sufren es todo un arte. En tales circunstancias, es necesario detenerse junto a ellas con verdadera vocación de servicio y espíritu humano. Advierto, no todos saben acercarse al prójimo para identificar su dolor. Hay que verlo como su otro yo. Tener la capacidad de compasión para sentir el dolor ajeno. Sufrirlo del mismo modo, como si lo sintieras en carne propia, solo así podrías tener empatía para identificarte con el dolor de los demás. Cruzada esa barrera te será sencillo ayudar a quien lo necesita. Porque esa necesidad de aliviar el dolor ya estará convertida en un sentimiento.

—¿Significa que estás identificada con el dolor?

—Es un sentimiento absolutamente humano. Un encuentro contigo mismo. Con tu propia inspiración, dignidad y misión en la vida. Cierto, la congoja es muy dramática, pero cuando se aprende a sufrir la tribulación, ayudando a quien le urge, se convierte en un manantial de cosas buenas. Te transformas en un bienhechor.

—Se te quedó el apodo de escritora indigenista. ¿Te molesta?

—Por supuesto que no me molesta. Aunque no fueron esas mis denuncias más importantes. Hubo otras en las que puse a temblar a los periodistas. En *Álbum de familia* les rasgo la vestidura. Desde mi palco literario señalo que un periodista no es un escritor en potencia, sino alguien que ha renunciado a ser escritor, que ha perdido el respeto al lenguaje y no lo trata como objeto sagrado.

—¿Existe alguna razón para tu exabrupto? ¿Algo en contra del periodismo tradicional?

—Lo digo porque las formas en que se estructura su profesión son más fáciles de corromper. Su línea fronteriza es tan frágil como una liga en las medias femeninas. O sea, muchas veces dicen o escriben lo que les conviene, si es que ya hubo un contubernio anticipado. En cambio, un escritor está comprometido con lo que narra y cuenta. Establece referencias y citas. Se hace de argumentos válidos y sólidos, investiga y ensaya, porque tiene espacio y es consciente de que sus hechos contienen la verdad de lo defendible.

—¿Quién te asegura que denunciar a través de la literatura trae buenos dividendos? ¡No ha sido una vía muy contundente!

—Cierto, pero el libro lo portas en la axila o en el portafolio. Descansa en el escritorio o en tu coche. En el baño o en el buró de tu cama. Es decir, lo manipulas y lo muestras, lo lees a otros y compartes sus comentarios. Porque el libro te enseña.

Aprendes y conoces de él, te ilustra. Te educa y te forma. Desde la primaria hasta la universidad. Desde la cama hasta la fábrica. Desde el obrero hasta el empresario. Las letras no tienen puertas. Penetran en cualquier ámbito y esfera. Son lectura. Te recuerdo que *"leer es vivir aprendiendo"*.

—¿Y qué opinión te merece la lectura del periódico?

—Que te informa. Sus enunciados simplemente componen una noticia. El perfil de un suceso. Hasta ahí llega. Por eso es que un libro siempre tendrá más poder que un periódico. Y en eso me basé para utilizarlo como una herramienta y denunciar lo que viví. En un ensayo bien pensado que compuse en *Mujer que sabe latín*, titulado "Virginia Woolf y el vicio impune", escribo: *"La relación entre el lector y el libro es una relación personal y presenta las diversas modalidades que se establecen cuando se ponen en contacto dos orbitas de inteligencia, de sensibilidad, de apetitos, de necesidades, de interés"*.

—¿Algún libro que te haya impresionado?

—Varios, sí. Pero hubo uno en particular que partió mi alma en dos.

—¿Presumes de tener alma?

—Cielos, claro, también los chamanes chiapanecos tenemos alma. Un espíritu que sabe dónde están los bordes y confines entre el bien y el mal. Siempre distinguí ese lindero. Era muy respetuosa de esas fronteras, porque el alma es quien les da vida a los seres humanos, les presta movimiento.

—¡Te oyes muy platónica!

—Dime entonces, ¿de qué otra forma podemos interpretar a un ser humano que tiene sensibilidad por lo que ocurre en su entorno? ¿Dime si no tiene alma el que ama? ¿Dime si no tiene alma el que sufre por lo que otros carecen? Esa es la parte de excelencia que posee un individuo cuando piensa y actúa en pro de los demás. Un estrecho directo para enriquecer su contenido humano.

—¿Quién te partió el alma?

—Simone de Beauvoir. Una inteligentísima francesa con mucha fuerza para decir y redactar lo que pensaba. Tenía una espléndida forma de describir sus cosas, de un modo en que fácil las entendías. Su libro *El segundo sexo* durmió en mi cama muchas veces. Lo leí completo dos ocasiones. Desde la primera página hasta la última. Un libro interesantísimo. De verdad me impresionó.

—¿Cuándo la leíste?

—Principiando los setentas. Antes de morir. Lo leía a ratos en la oficina. En la casa. Los domingos. En el camión, en el avión, en todas partes. Este libro lo deglutí innumerables veces, hasta hacerlo parte de mi conciencia. Severamente me influenció. Leyéndolo recordé lo tozudo e intransigente de mi padre. La vida de las madres indígenas de mi país. Terminé de leerlo estando en Tel Aviv, y ahí se me vinieron a la mente cientos de mujeres mexicanas masacradas por sus maridos. Machos que piensan que nada más ellos tienen el derecho de verse al espejo.

—¿Rescataste algún espacio literario en lo particular?

—Simone escribe muchas cosas puntuales; sin embargo, me impresionó esto en particular: *"Antes de ser Madre del género humano, Eva es compañera de Adán; le ha sido dada al hombre para que éste la posea y la fecunde del mismo modo que posee y fecunda el suelo; y, a través de ella, hace de toda la naturaleza un reino"*. Es decir, no es sólo un placer subjetivo y efímero lo que el hombre busca en el acto sexual. Quiere conquistar, tomar, poseer; tener una mujer es vencerla, penetra en ella como la reja del arado en los surcos, la hace suya como hace suya la tierra que trabaja. Ese libro se clavó en mi mente, me marcó. Es una de las obras fundacionales del feminismo. Simone de Beauvoir pone ahí como tarea principal, obvio para nosotras, conquistar nuestra propia identidad. Al leerlo, casi me hace llorar, cuando dice: *"¡No se nace mujer, llega uno a serlo!"*.

—¿Leerla te provocó un cambio?

—Por supuesto. No soy de palo. Imagínate a la mujer combatiendo los versículos de la misma *Biblia*. Encontré un Génesis volcado en contra de la mujer. Al Evangelio del apóstol Pablo manifestando que la esposa debe estar sometida a la palabra del esposo. Yo me pregunto: ¿Por qué Dios tuvo que ser hombre? ¿Y si hubiera sido mujer? ¿En qué lugar estarían postrados los hombres?

—¿En la cantina, seguramente?

—Sí, pero eso no es todo. Si escarbamos, encontraremos la infección. El verdadero contagio. En las páginas de mi libro, *Declaración de fe,* comento que ya no debemos sorprendernos de que en todas partes el hombre sea el señor de la mujer, pues el poder se funda siempre en la fuerza. Por lo demás, nunca hubo mujeres inventoras. Nacieron para ser el adorno de las sociedades y para suavizar las costumbres de los hombres. Su destino es comparable al de un violín con el que se hace bailar a un oso. Precisamente esa conducta masculina proseguía todavía hasta antes de que me electrocutara. El hombre no sólo se sentía macho, quería ser la luz en el camino de la mujer, como si él fuese "el abuelo fuego" de los Zoques. Fisgonea la historia. Te invito a que le eches un vistazo veloz a los sucesos y de dónde provienen. Por ejemplo: Aristóteles, Galileo, Newton, Einstein… te puedo nombrar decenas de nombres masculinos. En pocas palabras, lo que quiero decirte es que la historia la ha escrito el hombre y apenas la mujer está figurando dentro del contexto del tiempo y el espacio. Y es escasamente el comienzo, nos falta mucho por recorrer.

—¿Y tu pareja sentimental?

—Mi matrimonio fue un bestial fracaso. Me sumí en la depresión por culpa de Ricardo, que no supo ni quiso hacerme feliz.

—¿Y era su obligación?

—Depende. Déjame te pongo las cosas en perspectiva. ¡No me hagas enojar, por favor! Y escúchame. Hoy en día las jóvenes universitarias piensan unívocamente en cosas distintas a las que antes pensaban las jóvenes como yo. Ya no es su obligación casarse para hacer feliz a un macho. Pero, en mis tiempos, cuando te casabas como yo, bajo la solemne promesa de un macho, ignorando que lo era, tenía visos de obligación su ofrecimiento. Por supuesto que es un engaño en la que caemos nosotras como abejas en el panal cuando se enmascara su mugre personalidad. Antes de casarme con él, yo era un ser humano; después, me convertí en una cosa. Una cosa para él. Cuando dije sí al matrimonio, en mis tiempos y desde mi cuna tzotzil, estar casada representaba una unión religiosa y devota, por lo que el placer obtenido era un placer contenido, grave y mezclado con cierta severidad. Es decir, el matrimonio era un acto de prudencia y de conciencia. El hombre con quien te unías debía entenderlo del mismo modo. Y si no, entonces ¿para qué pedía mi mano? Analizado así, claro que era su obligación. Porque también era la mía. Desgraciadamente me equivoqué y me desboqué por el rostro bonito de un inútil universitario.

—Hoy, una gran cantidad de jovencitas le rehúyen al matrimonio.

—Si hablamos de la esencia del hombre como género; el nacimiento, el matrimonio y la muerte, son los mayores acontecimientos en la vida de cualquier persona. Estos marcan el principio, la mitad y el final de cada ser humano. Estos sucesos son de la mayor envergadura, no solo para el individuo, sino también para la supervivencia y bienestar de la comunidad. Para mí, el matrimonio es y seguirá siendo la prueba social de la madurez, ensayada desde todos los ángulos. Insisto, es la sólida transformación de un muchacho en esposo y padre, y de una chiquilla en esposa y madre.

—¿De qué estabas enferma, Rosario?

—¡De amor! Dice la gente que de amor no se muere. ¡Afirmo lo contrario!

—¿Le imploraste?

—¡A diario! Quería afecto. Alguien que me hiciera sentir que estaba viva. No sabes cuánto busqué a ese granuja. Deseaba un atrevido, para quien hubiera querido ser imprescindible, única. Mi dolor siempre se asemejó al de María Antonieta Rivas, quien se enamoró perdidamente de mi maestro preferido: José Vasconcelos. Un imposible. Ella le escribió poemas bellísimos, hermosos, salidos de la fuente beatífica de su inspiración. Nunca tuvo una respuesta, cierto, pero éste es otro ejemplo ingrato del desplazamiento al que las mujeres nos sometemos.

—¡Los que te leemos lo sabemos! En tus libros, entrevistas, cuentos, relatos, poesía, y hasta en tus ojos fotografiados, se percibía tu tristeza. Eras el vivo retrato de una imagen melancólica.

—¡Quería amor! Y ser escuchada.

—¿Enamorada del amor? O del hombre...

—El amor lo vi en las películas, lo leí en las novelas, en las series de televisión y en fotografías. Nunca lo encarcelé en mi refugio. Cuando estuve enamorada, con infortunio no fui correspondida.

—Me conmovió tu exclamación chilena: *"¡Es tan corto el amor y es tan largo el olvido!"*. Lo escribiste en *Poesía no eres tú*.

—¿Olvidar a Pablo Neruda?, nunca. La frase no es robada, eh, te corrijo. Es sentida. Con infortunio amé a un sujeto que no me recompensó.

—En ese aspecto, ¿consideras que la vida te quedó a deber?

—¡El amor es un compromiso! Quien ama se compromete. Y si no sabe amar, o no tiene la capacidad para amar a una persona, que sea claro en sus palabras, pero que no se esconda en la mascarada de un engaño. ¡Eres o no eres! El amor no es un juego, como muchos hombres suponen. Como dicen; estás o no estás embarazada. No puedes estar medio embarazada. Y sí… ¡la vida no me dio lo que yo quería en ese aspecto! Por tanto, me quedó a deber. He llegado a pensar que quizá no supe escoger.

—Siento que desapareces con las mismas letras con las que escribes. No entiendo cómo es que incorporaste el sufrimiento a la poesía, estando tan lejos del amor. ¿Sabes que la Poniatowska hoy te plasma con verdadera inteligencia? Es una mujer que tiene gran facilidad y estilo para delinear y reseñar la estructura de tus sentimientos, al punto y en el punto. Leyéndola te reconozco.

—¡Sí, la leí! Es sencillo hablar de una inundación cuando no te has mojado. Lo que ella no sabe es que Ricardo me hipnotizó. Lo amaba tanto que le hablaba de usted para mostrarle reverencia y adoración. Así éramos las chiapanecas en ese tiempo. Ese ejemplo lo mamé desde mi casa. La deferencia era un símbolo que aprendí desde la infancia, un patrón familiar, un molde entre mis compañeros de la primaria y secundaria, esa actitud era un signo de admiración. La gente chiapaneca me enseñó a ser gentil y cortés con mis congéneres. Admiraba su interminable quehacer, sus costumbres tan añejas como la cruz cristiana. Es así como yo veneraba a Ricardo y me inclinaba ante él, como si estuviese al pie del altar, en el templo de San Cristóbal de las Casas. Porque hay ciertos atavismos y herencias de las que no te puedes desanudar. Por eso Elenita me identifica con tanto fervor.

—Para tu desgracia, te casaste con el clásico macho mexicano, del que tanto huiste, del que tanto te quejaste. ¿Por eso te fuiste a esconder a Tel Aviv? En el relato *La muerte del tigre* de tu libro *Ciudad Real* te refieres a la muerte de los tuyos, y entre ellos dices que las mujeres se escondían para morir, con un último gesto de pudor, igual que en los tiempos felices se habían escondido para dar a luz. ¿Una de tantas razones por las que te fuiste?

—Advierto. ¡No me fui a esconder a Israel! Al contrario, fui a un lugar que me hizo más mujer. El peregrinar, el viajar, te paga con conocimiento y satisface la curiosidad. En ello estriba la sabiduría.

—¿Supongo que, al no tener acceso al amor, buscabas compañía?

—Critícame, pero no me juzgues. No seas cruel. Me molesta que la gente ponga palabras en mi boca. ¡No he dicho eso...! Como dice una viejísima canción de mis tiempos. *"El amor es una cosa esplendorosa"*. Despertar al lado de quien has soñado. Abrazar el cuerpo del que te quiere abrazar. Capturar el beso de quien sabes te busca como la ola a la playa. Llegar a casa y saber que te esperan. Platicar, conversar, compartir, y encontrarse con los ojos que te anhelan, son la fórmula perfecta para abatir la soledad y el desapego. Era amor lo que buscaba y obviamente lo busqué en el hombre equivocado. Es una pena que tengamos una sola oportunidad de vida. Erré en la única que el camino me ofreció.

—¿Hubieras querido nacer en otra persona?

—Te mentiría si te dijera que no envidiaba a nadie. La verdad es que admiraba a personas cuya magia se enraizaba en su palabra, como fue el caso de Concha Urquiza. La mujer ideal para la poética. Era raro ver en México a mujeres de ese tamaño. No hubieras encontrado otra desde Sor Juana.

—Cierto, lo leí en tu *Declaración de fe*. Realmente la admirabas. ¿Acaso te influenció su inspiración?

—¡Sí, no lo niego! De entre todos sus poemas tiene uno que me apasiona, titulado *"Quiero decir que te amo y no lo digo..."*. Dice a la letra en su parte central: *"Sólo quiero vivir para buscarte, sólo temo morir antes de hallarte, sólo siento vivir cuando te llamo, y, aunque vivo ardiendo en vivo fuego, como la entera voluntad te niego, no me atrevo a decirte que te amo..."*. ¿Dime si no es hermoso esto? Este pensamiento poético está acicalado de una profundidad tan hendida, como una espina atorada en la herida.

—¡Yo lo interpreto como miedo a vivir!

—¡Tienes razón! Tal vez ese fue mi principal problema. Tenía miedo a descubrir lo que me tenía guardado el destino. Si es que existe. Ocurrió también que me cansé de esperar por cosas mejores. Era muy vigorosa para gritar lo que veía afuera, y muy cobarde para sacar lo que tenía dentro. Tenía razón mi nana cuando me despedí de ella: «¡No te vayas mi niña!», me decía. «Allá sólo encontrarás puros *catrines* mañosos. ¡Quédese aquí con sus inditos a que la *quieran* como es debido! ¡Pa' que ande con su chal en los domingos por la plaza, cuidando a sus escuincles! ¡No se vaya…! ¡Yo sé lo que le digo!». Y sí. Bien sabía lo que me decía. Tal vez, en lugar de embajadora, hubiera llenado mi casa de *chilpayates* y mi viejo estaría dedicado a la milpa, y yo, como reina en su jacal. Otra cosa hubiera sido. Pero bueno, ya lo bailado nadie me lo quita.

TRES

Es así como transcurrieron los previos escarceos en una coincidencia de carácter extraordinaria, en donde dos siglos se entrelazaban en una especie de conjunción insospechada, sobre un sorprendido presente. El cielo oscureció. La noche seguía en su insistente gimoteo de llanto. Las ventanas intrigantes delataban la humedad y la rebeldía de la atmosfera pregonaba agitación. Los rayos y truenos apremiaban la tempestad, pero en casa morían porque la concordia entablaba la paz donde brotaba la geografía del ayer. Un diálogo mitificado se derramaba. Las fotografías develadas por el viejo calendario corrían como la locomotora evocando los recuerdos.

Los escritores nunca mueren. Menos si crean literatura clásica. Rosario Castellanos y Elena Garro eran y son hoy un milagro en la mudanza y transformación del tiempo. Un rebase de la imaginación que no tiene límites ni fronteras, pudiendo llegar hasta el confín de otras épocas, como era el caso. Desentrañando verdades, destapando conflictos, abriendo heridas. Escarbando en la hendidura que esconde el secreto más preciado. Una metástasis de la nostalgia desembocada en otra llegando hasta el rincón de lo inmemorial, aún sin la venia de la encarcelada voluntad.

La mayéutica hace milagros. Va penetrando como una droga caliente hasta que llega a desentumir verdades latentes y ocultas en la mente. Consiste en la búsqueda de voces oídas con otra dimensión, desgranando la existencia de dos personajes, cuya historia fue escrita por ellas mismas en sus tiempos de gloria.

Las observa cómo se acomodan y acicalan el cabello sin que el afán destruya su forma de ser. Ocupan un lugar en cada sillón como si ambas se hubieran puesto de acuerdo en qué sitio se verían mejor. Rosario recoge su negra y voluminosa cabellera y la sujeta con una gruesa pinza. No busca el espejo, sabe que no se vería. Elena, en cambio, cruza sus piernas bien torneadas y las presume al espacio vacío. Fuma imperiosa un blanco cigarrillo que consume con avidez. Se miran entre ambas reconociendo su origen. Sin hacerse piadosas preguntas. Las dejan todas a su interlocutor.

Sus miradas viajan por las paredes para ver si encuentran en los muros del arte confinado el sonido fúnebre de sus palabras y la cosmografía de su universo. La eterna Castellanos sonríe al repentino hallazgo del *Nocturno a Rosario,* de Acuña, y lee despacio, acuciosamente su contenido. Leyendo esos versos cuya fuerza se meten en la añoranza de quien les da lectura. Su espesura agujerea los ayeres e inspira a la conciencia de páginas que el almanaque dejó atrás. Curiosa fisgonea al poema encerrado en un cartel, como si la dificultad para leerlas fuera un impedimento.

"¡Pues bien!
yo necesito decirte
que te adoro
decirte que te quiero
con todo el corazón;
que es mucho lo que sufro,
que es mucho lo que lloro,
que ya no puedo tanto
al grito que te imploro,
te imploro y te hablo en nombre
de mi última ilusión".

Terminada su quirúrgica mirada, baja los ojos y los arrastra hasta el suelo para lanzarlos al espacio de su inspiración.

En cambio, la irreverente Elena Garro retoza con el humo que se desprende desde la lumbre de su cigarrillo y de pronto se levanta impelida por un cuadro que, a tres metros de su figura, casi la insulta. Es la *"Plaza de las Tres Culturas"*. Un cuadro que significa tres tiempos a la vez. El origen mexica, la conquista española y la modernidad de un México diferente. *Vaya qué incomodidad*, pensó, *para la vista hispanoamericana. En eso estoy de acuerdo con Gabriel García Márquez cuando manifestó que el mayor daño producido a la América de hoy lo causó Cristóbal Colón al descubrirla.*

CUATRO

Elena escudriña cada parte de la pintura. Tres etapas históricas diferentes. Su mirada parece una daga que corta el paisaje de los tiempos representados por la imagen. Su intensidad desmorona el gran edificio que se yergue en la cabecera de la plaza. En seguida vuelca su dirección hacia las ruinas prehispánicas, parece una mueca de dolor la que muestra con la frente.

—¿Tiene algo ese cuadro que te obsesiona Elena?

—Ahí hubo una matanza. Una gran matanza de cándidos estudiantes. ¿Cómo se me va a olvidar? En su momento negaron las autoridades todo lo acontecido, como si fuesen a tapar el sol con un dedo. El México del 1968 se enteró perfectamente de cada muerte, de cada herido, de cada llanto derramado por familias que perdieron a sus hijos. Recuerdo bien aquel tiempo. Días de cárcel, de celdas pletóricas de adolescentes ardidos por la ignominia. Era una infracción mostrar la credencial de estudiante. Valiente era quien iba a demandarle al Gobierno, con banderas blancas y a pedradas, la defensa de sus derechos. Pero el Ejército los recibió con fusiles y bayonetas. Mientras los jóvenes sólo llevaban un espíritu de lucha tejida a base de sus propias convicciones y protegidos por un escudo universitario en sus camisetas. La orden estaba dada. Tirar a matar.

—¿Lo denunciaste?

—Por supuesto que lo denuncié. Hasta el cansancio. Pero mi denuncia se asemejó a un "David contra Goliat". Escalé las tribunas más altas para gritar la matanza. Lo hice a los cuatro vientos, para que el mundo se diera cuenta de lo que eran capaces nuestros soldados. Matando a sus propios hijos.

—Fue así y así será, sin más. ¿No crees, Elena? Lo gritas en tu literatura heredada. Te distinguiste en vida por ser una activista feroz. Nunca fuiste la mujer del mañana. Discrepante, contradictoria. Te gustaba arreglar las cosas al instante y de cualquier manera. Tus arengas me quedaron en la piel. Las respiré como náufrago en alta mar. Me quedó claro que tus expresiones llegaron hasta los rincones más apartados del México de ayer.

—Nací siendo todo un estuche de monerías. De niña era indiferente a las muñecas, idolatraba a los luchadores y a los soldados. Me enamoré del personaje Pinocho por considerarlo rarito, es decir, opuesto a los que Walt Disney nos tenía acostumbrados. Me llamaba la atención el hecho de que hubiera un revés y un derecho. De verdad me preocupó tanto, que cuando por fin logré aprender a leer lo hice aprendiendo al revés. Aunque no me lo creas. Mi papá se estrellaba contra mi efigie al observarme imperturbable, empedrada y firme. Luego me preguntaba: «¿Hija, acaso no tienes remordimientos?». «No, no los tengo», veloz le respondía. Porque, según él, yo ofendía a Dios con mi rígida actitud. Todo lo hacía al revés.

—¿Sigues sin remordimientos?

—Ya te dije, siempre como hasta ahora fui de una pieza. Inamovible.

—Lo del maltrato a la mujer… ¿Acusaciones sin respuesta?

—Fue un tiempo en que reinó la sordera entre la hombría. Recuerdo que a pesar de haber hecho estridentes demandas por todos los medios en contra de la opresión hacia nosotras y el maltrato que padecíamos, todavía en la segunda mitad del siglo XX, nunca logré algo contundente. Todo quedó en meras acusaciones, sin respuesta. ¡No! No te equivocas, estás en lo cierto.

—Mirándote a los ojos te ves como una mujer ruda, áspera, endurecida. Con ese aplomo característico de ser una hembra que cuando habla, exige que la escuchen.

—Siempre fui de una sola palabra. ¡Sí o no! Punto. Y cuando me atreví a más, fui perseguida y exiliada. En ese sentido nuestro país no ha pasado de ser más que un ungüento o una aspirina con la que nos conformamos.

—¿No hubo alguien que te apoyara?

—Me apoyé en varios flancos. Como periodista, me basé en información y datos que perseguí hasta el fondo, implacablemente. Como dramaturga, llevando a los estrados la denuncia implícita en los diálogos teatrales. Los dejaba flotar con toda intención para que el público viviera la crudeza de esos momentos. Y como escritora, narrando historias que delataban las condiciones en que los mexicanos nos debatíamos. Lo anterior en lo que concierne a mis recursos, pero además me apoyé en situaciones resbaladizas. En Carlos Madrazo, por ejemplo, que murió de una forma por demás sospechosa. Todos dicen que el avión donde viajaba sufrió un atentado. ¡Pruébalo! Mi apoyo hacia él me costó muchas privaciones. En fin, para qué le sigo.

—Polifacética. Única. Aun así… ¿No llenaste?, ¿verdad?

—¡Como quiera, me llevó la chingada!… Me corrieron de México, salí por piernas. Me echaron como elemento gacho. Me fui a refugiar a Europa con mi hija. Leyendo los diarios me enteraba de lo que se me acusaba. De rebeldía y ominosa activista. Si hubieras visto cómo vivía, te daría lastima. Te espantarías. En la plena escasez. En la abyección. En el total abandono.

—¿Sabes que posees fervientes admiradores, ellos y ellas, que lo han venido poniendo en claro desde hace años?

—¡Sí, lo sé! Algunos partidarios han descrito sin tapujos cómo es que me echaron de México. Castigada con la expulsión de la vida nacional, "*quesque*" por mi conducta inmoral y activismo improcedente, según las noticias publicadas en los periódicos de aquel entonces. Ya te dije: "David contra Goliat". Lo que digas o denuncies se queda en el tintero.

—Elena, dijiste alguna vez en una entrevista periodística; «Así somos los pobres, ni quién nos mire y todos nos pasan por encima». ¿A qué te referías específicamente? Hablando del siglo XX… ¿Estaba permitido decir eso?

—¿Qué es para ti lo permisivo? ¿Debería haber una frontera, un límite, en estos casos? Si estás viendo cómo el grande despoja al chico. Atestiguas cómo el débil sucumbe ante el fuerte. Y cómo es que el poder se impone ante el indígena y el campesino.

Sí tú ves que todo esto ocurre ante los ojos de todos, ¿te quedarías callado?, ¿dormirías tranquilo? ¡Yo no! Nunca estuvo en mi estructura molecular guardar silencio. Siempre grité y me quejé ante la injusticia y el dolor. No fui un robot dotado de insensibilidad. Cuando algo me dolía lo decía. Con todas sus letras.

—Me encantó tu artículo acerca de las "Mujeres perdidas" que publicaste en octubre de 1941. Eso de involucrarte intencionalmente dentro de las paredes de una cárcel para conocer la vida de las mujeres tras las rejas ¡fue admirable! ¡Qué valor!

—Siempre me sentí en deuda con esas mujeres que me confiaron sus secretos. Hasta los más guardados. Recuerdo perfectamente bien que el único sentimiento vivo era la nostalgia de la libertad. Es una sensación deprimente y a la vez ansiada como el sol en las mañanas. Todas pensábamos en las calles, en el barullo de las fiestas mexicanas festejadas en las banquetas, a grito abierto. Congojas iban y venían, como los tamales en el mercado, ahí escuché, en lo general, interminables quejas sobre la fiereza viril para golpear a la mujer que transgrede las reglas de los quehaceres en casa. De la infranqueable aduana varonil con sus dotes de intención machista. De las facultades arbitrarias que los hombres les habían impuesto. Prueba irrefutable de que, en realidad, entre macho y hembra, al final, solo existe una palabra, la de él. Y cuando ella deja el papel pasivo y débil, y saca a flote sus ardores para desprenderse de sus amarras, la ven como una amenaza que debe reducirse de inmediato, obligándola a volver a su confinamiento.

—Leyendo algunos comentarios que hizo Luis Mario Schneider, aquel famoso museógrafo de las letras mexicanas, sobre tu persona, a la letra decían: *"Cuando una mujer escribe sobre problemas femeninos, esperamos encontrar trazas de un estudio autocrítico. La mujer analizada por sí misma proyectaría luz sobre un obscuro capítulo de la psicología. La esencia de la mujer yace en sus rasgos diferenciales y ella es la única que puede definirlos".* Y la verdad sea dicha, estoy totalmente de acuerdo. ¿No te parece Elena?

—¡Pero todo nos pasó por haber nacido al alba del siglo XX! La mujer era tratada como un trozo de materia prima doméstica. A veces como un estorbo. ¿No es así? Lógicas consecuencias de la Revolución.

—¡Por supuesto Elena! —en ese instante se sumó Rosario a la crítica.

—Era obvio y para muestra un botón: Fray Luis de León en *La perfecta casada* aseguraba que la mujer no había nacido para el estudio de las ciencias ni para los negocios. Y aunque eran finales del siglo XVI no es concebible admitir tal expresión. Poniendo más sobre la mesa agregaré: no solo en Chiapas y en mi terruño comiteco se rompían vaginas. Por allá en el norte, después de la bola revolucionaria, también había ruido. A las faldas caminantes las identificaban como "mi vieja", "vengase pa' acá, mi vieja", "arrímese, no sea rejega" y todas esas expresiones muy norteñas que pululan en sus típicas canciones que entonan los borrachos en las cantinas. Voces gritonas que han proliferado en el hocico de los machos por decenios. De manera que siempre nos han usado como sustantivos de la jerga doméstica.

—No es que salga en su defensa, pero soy hombre y como tal tengo que hacerme a la idea. Cuando un esposo llama a su mujer "mi vieja" en más de las veces tiene una connotación cariñosa y posesiva, más que despectiva. Lo sé porque estoy hecho de la misma tela. No sean tan rudas con los que portamos pantalones. Tal vez en pleno siglo XXI ya no sea una buena idea nombrarlas así.

—¡Es que nunca ha sido una idea! —insistió Rosario—, es una aseveración, la que imprimen esos señores.

—Déjenme, prosigo por favor: Mi estimada poblana —lo dijo el novelista viendo al rostro de la Garro—, yo conservo una imagen tuya, muy peculiar. La de la "mujer aguerrida", brava. En ese sentido pienso igual que la señora Poniatowska.

—Efectivamente, yo era una aguerrida activista, no lo niego, teniendo en mente siempre un fin determinado. Defender a mi género. A todas, a las jóvenes, a las maduras, a las independientes, a las huérfanas o viudas, incluso a las que formaban parte de una familia. Apoyando con todo a las que sufrían vejaciones y humillaciones. Antes y después de la Revolución, y a pesar del paso de los años, todavía en los noventas, se dieron casos de raptos, secuestros y violaciones, muy al estilo de aquellos tiempos. Amarrándolas al cinto, levantándolas a caballo, robándoselas a los padres en los ranchos. La degradación y la agresión hacia la mujer nacieron desde mucho antes que yo naciera. Somos el perfecto blanco para su perversión. Blando botín y, al parecer, fácil de violar por el salvajismo de los machos. ¡Vibrantes pendejadas del macho mexicano!

Nuevamente el novelista, que traía los pantalones, intervino:

—Escúchenme, el mismísimo Oscar Wilde refirió alguna vez que *"la mujer nació para ser amada y no nació para ser comprendida"*. Poseía una forma muy particular de amar a las mujeres.

—Yo hubiera querido que Octavio me amara de ese modo, pero él buscaba la admiración de todos, aquello era su verdadera fascinación, era un ególatra. Lo digo porque *el hombre del clavel verde en el ojal,* cuando habla del amor en sus narraciones, lo hace con tanta vehemencia y delicadeza, como si su palabra fuese algodón y su intención una caricia. Un hombre nacido para amar, cuya proximidad provocaba ardoroso entusiasmo.

—¿Aspirabas a esto?

—Hombres como Wilde, sensibles y conscientes, dicen las cosas con innegable pasión de quien conoce los caminos del deseo y saben tomar de la mujer lo que de ella es divino. Con infortunio, muchos fanfarrones nos hacen tragar veneno con sus promesas podridas y actitudes retrogradas. Jactanciosos de la imagen masculina, inmundos. Se parecen a las palomas.

—¿Por qué?

—Porque son aves pendencieras, siempre están donde no les corresponde y roban constantemente lo que no es de ellas. Nunca hacen nido. Duermen como putas, en la calle, donde les agarra la noche.

—Hablemos acerca de la mujer mexicana en la sociedad del siglo XX. ¿Te parece bien si comienzas tú, Rosario? ¿Qué te ocurrió en Chiapas que te marcó para siempre? Me intriga saber ¿por qué siempre te mostraste como si hubieses sido aplastada por la mano del hombre?

—Lo que haces ahora es justamente lo que hacen la mayoría de los hombres que se sienten machos —interrumpió intempestiva Elena—. Ni siquiera se dan por enterados cuando invaden el terreno de la misoginia. Cuestionarnos como si tuviésemos la culpa de ser como somos. Me parece una agresión. ¿Quién eres tú para insinuarle a Rosario que se sentía inferior al hombre? ¿Y por qué tendría que responder a tu infame asalto?

—Porque quien la ha leído se queda con la impresión de haber sido tratada por todos los que la tuvieron cerca, como "La muñeca rota" que bautizó Gabilondo Soler... Por supuesto que quiero la respuesta. ¡Y no soy misógino!, por lo menos intento no serlo, sábelo, soy feminista hasta las cachas, por eso estoy aquí, con ustedes. Porque las admiro, porque las amo.

—Así que según tú —respondió ofendida la imperiosa Rosario—, me sentí abandonada por los rincones.

—Sí, honestamente lo pensé. Yo creo, hablando con sinceridad, que, en cada poema, en cada verso, en cada frase lo pulsaste. Tu lectura proyecta eso.

—¿Y qué? ¿La opinión de Emilio Carballido no cuenta...? En su ensayo: *El uso de la palabra* narra, cómo es que me vio. Dijo que yo no le parecía ser una mujer con todas las claves de la feminidad externa, que mi ropa daba la impresión de ser una curiosa madre en orfandad. Yo no era bonita, lo sé. Pero no me sentía menos y nunca me hice a la orilla. Tal vez en las cuestiones de amor no tuve suerte, pero siempre dije lo que pensaba, a pesar de mi estampa. Y estoy de acuerdo con Elena. El hombre que busca la belleza en el rostro, no se ha visto al espejo.

—En tu libro *Mujer que sabe latín,* en el momento en que te refieres a la persona de "Virginia Woolf y el vicio impune", dices que la relación entre el lector y el libro es una relación personal. ¿Por qué?

—¡Afirmativo! Presento, a su vez, diversas modalidades que se establecen cuando se ponen en contacto dos orbitas de inteligencia, de sensibilidad, de apetitos, de necesidades, de distintos intereses. Es una conjunción amorosa, si tú quieres, un tanto parecida al flirteo entre una dama y un caballero. El despertar de una química entre ambos.

—En suma y aquí en corto les digo: Entre la escritora y el lector, al momento de la lectura, se proyecta la personalidad de quien narra, y ustedes dos siempre dibujaron a las mujeres mexicanas como bestias de carga, que trabajaban y morían como tales. Insisto, permanentemente ubicaron al sexo femenino a la vera del río, desplazada, recluida, silenciada y humillada por el hombre. No les extrañe, pues, si les pregunto acerca de las consecuencias de la liberación femenina y la equidad de género en todas sus aristas. Sé que fueron entrañables acciones en las que ustedes participaron. Por lo que espero su opinión.

—Eso precisamente esgrimía. Con todos los acentos. Que el hombre bestia trataba a la bella como si hubiese nacido en su corral. En todo México, no sólo en Chiapas. Primero la engatusa entre sus digresiones, luego la incrusta en sus atavismos, al final le muestra sus complejos de hombre ancho, sin reconocer que, para ser un gran hombre, primero hay que recargarse en una buena mujer. Y ejemplos hay muchos.

—Te ayudo amiga —volvió a romper "La Garro" la armonía—. Una vez que el acoso y persuasión del conquistador logra su objetivo, la dama en cuestión, en principio idealizada, deja de ser la diosa para el enamorado. Y obtenido el trofeo trasladado a su territorio, la transforma en su presa. Ya en casa del hombre, ella pierde sus poderes de ninfa y se convierte en la esposa abnegada que debe obedecer ciegamente a su dueño. ¡Ah! ¡Porque su esposo se siente dueño de la vida de su esposa! Es mi esposo, pero no es dueño de mi vida. Lo dice la *Biblia*. Mexicanitos gachos. Por ende, él espera que ella se repliegue a sus deseos y necesidades sin cuestionarlo. Si la mujer se rebela y opta por individualizarse, expresa sus ideas y defiende su autonomía, entonces el marido la insulta, la golpea y la pone en su lugar. ¡Y colorín colorado, este cuento se ha acabado!

—¡Así es, Elena! Y precisamente ahí es cuando esos fulanos se atreven a decirte: «Nada ni nadie es más importante que yo, y lo que yo quiero. ¡Para eso soy tu esposo!».

—Pinches machos.

CINCO

El interés de la velada literaria ha mantenido la concentración total de los pensamientos en cada uno de los protagonistas. Inmersos en el universo de sus conciencias, aislados del mundo que les rodea, aunque en él estén accidentalmente ahora. El ruido de la naturaleza exterior, necio, sigue manifestándose sobre el techo. La fachada de la casa luego se ilumina porque un rayo travieso surca por su cercanía. Es una noche de luna clandestina revestida de nubes atropelladas por un cielo obstinado, deshaciendo los pronósticos. Las voces recluidas se ahogan en el rectángulo avizorado por la tormenta que quisiera intervenir en el palpitar de la misma. Los protagonistas solos están y se custodian acompañados del imparable tic tac del reloj, donde las manecillas corren a su antojo. Los tres han ingresado a un espacio que circunda en otra dimensión. Un mundo en donde el tiempo está distante de donde han brotado. Esta noche en el que hoy ellas subsisten, son iluminadas por el halo de una divina intensidad, evocadas por un sentimiento henchido de admiración, bajo el control total de sus emociones. En este desorden de fenómenos impensados, los desplazamientos se realizan al unísono del lustroso antaño de un siglo atrás, para interactuar con fascinantes personalidades que alguna vez fueron humanas en este mundo tan inhumano.

Comprendieron que era momento para hacer un alto en el camino de la controversia. También Elena se percató de ello y quería levantar la mano para aclarar sus puntos al respecto. Una mujer admirable en el ámbito de lo impredecible. Imponente, con sus piernas desnudas, bien dibujadas, blancas, fuertes, de una tonalidad que aun inspiraba juventud. Luce una hermosa falda negra, ancha y plisada que se desborda desde su breve cintura que, con el contraste de la blusa color naranja de manga en tres cuartos, impresiona. No admirarla sería una insubordinación. Ellas han resuelto sujetar al toro por los cuernos. Se disponen a discutir y a escuchar, o más bien a escuchar en lugar de discutir. Digámoslo así, la comunicación tiene varios sentidos, no se compone solo de un solo canal. Así que, pacientes, agreden a su interlocutor diplomáticamente…

SEIS

—Bien, ahora te toca: ¿Qué opinión tienes de nosotras?

—¡Que fueron unos monstruos de la literatura mexicana! Y un gran ejemplo de lucha en pro de la liberación social e intelectual de la mujer.

—¿Desde tu óptica consideras que fuimos pioneras en el asunto de la defensa de los derechos de la mujer? —preguntó Rosario de repente sin pedir permiso.

—¿En México?, por supuesto. El mismísimo presidente de la República, Luis Echeverría, en 1975, se manifestó a favor de la mujer, gracias a ti, Castellanos. Entonces él manifestó que la mujer había demostrado sobradamente su aptitud para enriquecer la vida cultural, económica y política del país. Desde entonces se dijo que el varón y la mujer eran iguales ante la ley.

—Sí, lo recuerdo muy bien. Inclusive, hubo algunos comentarios por demás estúpidos en donde me involucraban sentimentalmente con el señor presidente. ¡Imagínense!

—¿Por algún rasgo en especial, Rosario?

—¡Mi amabilidad y cortesía! Siempre fueron mi carta de presentación. Les he dicho antes que los chiapanecos tenemos una forma muy peculiar de mostrar nuestro agradecimiento.

—No quisiera desperdiciar este momento sin poner encima un asunto que me interesa. Así que, Elena, quiero decirte que admiro tus composiciones teatrales. He leído casi la totalidad de tu obra en lo que a dramaturgia se refiere, salvo *Sócrates y los gatos,* al que no he podido darle alcance en ninguna librería de México. No la hallo por ningún lado.

—¡Te admiro por tu devoción! Hay quienes todavía tienen miedo de su contenido. Mi literatura desde que nació no era para todos. Fui muy selecta. No me perdía en ambigüedades. En ella consigno las innumerables vivencias sobre los sucesos de 1968. No escondo nada, lo digo todo ¡eh!, lo que vi y lo que me enteré oficialmente. Tan espinosa era la información que decidí no publicarla en vida. En cambio, mi hija sí tuvo el valor de hacerlo, pero como son ediciones limitadas, comprendo que no las encuentres tan fácilmente. Bueno, a la fecha todavía no se presenta en teatro.

—Dime algo sobre tus gatos, ¿por qué tantos? Sé que es el felino doméstico más libre, incluso Monsiváis también tenía en su casa un verdadero hervidero. Algo en particular en relación con este sentimiento animalístico.

—Los mininos son los animales domésticos más tiernos y dadivosos. Te buscan para ser acariciados y su pelaje se asemeja a una tela de peluche. ¿Te has fijado que los gatos te agradecen cuando les das de beber y de comer? Se te acercan y lamen tu mano en signo de agradecimiento. Llegué a tener más de veinte en casa. El perro también tiene esos gestos de gratitud, pero no son tan esplendidos como ellos que maúllan para que te enteres del cariño que te profesan.

—¡Felina, la mujer!

—Claro, nunca me dejé de nadie. Defendiéndome yo era como defender a la mujer en esencia. Siempre lo traje en mente. María Félix, Dolores del Río. Las incomparables actrices Ofelia Guilmain y Ofelia Medina, otras activistas como yo. Sin olvidar a mi pintora sufrida y predilecta, Frida Kahlo, y otras. Enderezábamos con nuestra personalidad la deforme idea que tenían sobre la imagen femenina. Era difícil en aquel tiempo penetrar en el estrecho intelecto del macho mexicano. No fue nada sencillo remover sus costumbres ancestrales, principalmente en el rubro de la importancia respecto de la mujer en el ámbito sociolaboral. Siempre el pusilánime garañón se imponía por encima del concepto de una dama.

—¡Mujer de armas tomar!

—No tanto, fui condescendiente con quien escuchaba mi palabra. Cierto, fui altanera y arrogante, sabía que mi juventud y lozanía cubrían mis defectos, pero siempre me consideré bastante humana. Mis recorridos por todo el país fueron para prestar ayuda a quienes más lo necesitaban, principalmente a la mujer desvalida o al indígena mancillado.

—Y supongo que a quien no te escuchaba le regalabas una mirada ciega, como dices en *Los recuerdos del porvenir*. ¿Qué hubieras querido en vida?

—¡Un hogar sólido!

—¿Hubieras querido ser hombre?

—¡Sí! Para darle una golpiza a Octavio. Se la merecía. Su apellido era una mentira, no era nada pacífico, era un ser despreciable. Un hombre que me sacó del mundo en que vivía y, a la fuerza, me metió en el de él. Su mundo estaba lleno de posesiones ansiadas, de sueños en llegar a ser, y de aspiraciones kilométricas. Siempre sumaba de a uno, nunca sumó de a dos. Si no hubiera existido yo a su lado, nunca hubiera llegado tan lejos.

Yo fui su piedra angular. Gracias a mí realizó sus sueños de ser escritor. Nunca me lo agradeció. Por el contrario, me dio una patada en el trasero.

—Aunque él haya pugnado para que se te premiara por *Los recuerdos del porvenir*.

—Lo que no sabes es que él sí tenía remordimientos.

—¿Un sueño en especial que hayas tenido?

—Soñé que yo pulía pisos, para no ver los cientos de palabras muertas que las criadas barrían por las mañanas. Lustraba los espejos, para ahuyentar a miles de miradas hostiles. Esperaba que una mañana surgiera de su azogue la imagen amorosa. Abría libros para abrir avenidas a aquel infierno circular, en fin... ¡Soñé...!

—¡Soñaste con un hogar sólido!

La Garro repentinamente se quedó estática. Tragó saliva. Miró a la pared desafiante, como para desahogarse de la inquisidora actitud de quien no paraba de preguntar. Bastaron cinco segundos para contraatacar desde la profundidad de su alma, sí es que todavía presumía de poseer una:

—¿Y tú, a qué te dedicas? ¿A sacar gente de los cementerios?

—A vagar y a leer. Aprender de gente como ustedes que pusieron en marcha al género femenino, que con sus verbos bien sonoros prendieron la mecha para sacar del abismo a la mujer que en mitad del siglo XX vivía oprimida por la misoginia. Admiro su valor y coraje para denunciar con su pluma, con su voz, lo ilegal, lo corrupto, la trampa, lo ventajoso de muchos que ascienden a la gloria sobajando a su prójimo.

—¿Hay algo de lo que nos debamos enterar y que ignoremos en relación con los derechos de la mujer hoy en el siglo XXI? Te lo pregunto porque donde vivimos ahora nos alimentamos del silencio y de una paz tan absorbente que nos pone somnolientas.

—Les contaré que el movimiento sobre la Liberación Femenina en los setentas arrastró a la mujer a un lamentable estado de enajenación y pérdida de su identidad. Advierto, es mi punto de vista, pero recolectado de la experiencia. La mujer se enfrascó en una lucha contra su propia fertilidad considerándose anzuelo, y para hacerle sentir a la masculinidad que ella era objeto de la trampa de la maternidad. O sea, el mismo afán de conquistar los terrenos profesionales del hombre, la llevó a confrontarse en un área en donde hombre y mujer se habían desarrollado conjuntamente, es decir, al lado de una sociedad machista.

—Ha sido en lo único en que hemos empatado. Nosotras no ganamos mucho terreno en ese momento —siguió hablando Elena Garro—. Tienes razón, pero también es cierto que a esta altura del siglo XXI la mujer ya ocupa puestos que eran quehacer único del poder masculino. Te hablo del área financiera, de la política, del deporte, de la tecnología. Inclusive la mujer ya se instaló en una astronave y viajó rumbo al espacio, un espacio estrellado al que Julio Verne ingresó primero. Ya juega fútbol profesional en torneos de carácter mundial. Ya está en las curules buscando escaños en el Congreso. Ya hay presidentas de países en el mundo. En fin, ya estamos en todas partes. Por eso insisto. Se trata de cuestionar la dominación y la violencia de los hombres sobre nosotras. Se trata de buscar la igualdad entre un hombre y una mujer. Mi pregunta es: ¿Hasta hoy ganamos terreno con ese movimiento ideológico por el que Rosario y yo luchamos?

—Sin duda. Las quejas, las declaraciones en grandes foros, las entrevistas en radio y televisión, y todas esas manifestaciones que dieron a cielo abierto, fueron punta de lanza en bien de la feminidad del hoy. Lo que hicieron dejó huella en la esfera de la mujer. Incluso plasmar términos literarios para rectificar la usanza tradicional del mexicano. No lo discuto.

—¿En el campo de la literatura hubo algún progreso sustancial?

—Figurar en los libros sus quejas fue crucial, pero recuerden que vivimos en un país que no lee, no le interesa leer. Entonces sus arengas e intenciones se quedaron inmersas en un sector de una sociedad minúscula y no permearon en los rincones que ustedes buscaron. Sus intenciones no surcaron la totalidad de los ciudadanos.

—¿Nos faltó el golpe final? El del nocaut.

—No pueden escapar ustedes al don que les dio la vida. Ustedes son el cuerpo de la vida y nosotros, los hombres, somos la vía para que den la vida. O sea, nos necesitamos. Sigo pensando a la antigua, un tanto conservador si quieren, pero como dicen en mi barrio: «Cada quien pinta su raya».

—¡Quisimos llegar a todas partes! ¡Lo sabes! Por las buenas, por las malas y por las regulares. ¡Así somos las "viejas" cuando nos proponemos llegar lejos! No nos andamos por las ramas.

—¡No lo pongo en duda! La entereza de mujeres como ustedes es de admirarse. Es más, si me lo permiten quiero agregar que en *Poesía no eres tú,* de mi querida Rosario, dice en el poema *El muro de lamentaciones: "Lo que mi odio toca se convierte en silencio".* ¡Ustedes cuando aman son unas muñecas… pero cuando odian, lo que tocan lo trastornan!

—Lo dices porque ahora cohabitas en una sociedad moderna, pero antes el hombre era igual que una bestia. Estoy segurísima de que actualmente todavía encuentras por ahí algún marrano que hace de las suyas.

—Te voy a responder con lo que dijo alguna vez tú ex, Octavio Paz. *"La sociedad moderna está lejos de ser un ejemplo: muchas de sus manifestaciones, la publicidad, el culto al dinero, las desigualdades abismales, el egoísmo feroz, la uniformidad de los gustos, las opiniones, las conciencias, son un compendio de horrores y de estupideces".*

—¡Y dónde dice eso, que no estaba enterada!

—Lo dice en un libro que se llama *Por las sendas de la memoria.*

—¡Mi ex se regocijaba con el ensayo! ¡Eh! Se le facilitaba mucho. Se prendía solo, como el mezquite en el desierto.

—Elena: Leí un artículo, de los muchos que publicaste en *Excélsior* en 1967, al que titulaste *La lucha contra la exclusión y el racismo.* Me dejaste anonadado, de verdad. Excelente para la crítica periodística. Sabías gotear limón en la herida. Entre las líneas usaste una frase de Morelos y Pavón que dice: *"Que nadie se enriquezca en detrimento del derecho de los demás a la vida y a la cultura".*

—¡Sí! Lo reconozco, era punzante. Fue un amor escribir eso. Términos y expresiones que brotaban de la fuente de mis ardores. Una chulada. ¿A poco no? Siempre me opuse al racismo y a las injusticias sociales. Eran una constante en aquel entonces.

No sé ahora. Me producía mucha pena que los explotaran vilmente, y que los desaparecieran o mataran como si fuesen un estorbo para sus intereses personales.

—Rosario: ¿Tienes alguna pregunta que hacerle a tu colega?

—Claro que sí. *"¡Supongando!"*, como decía el inolvidable, mi adorado y nunca bien ponderado Cantinflas, si respiraras aun en este siglo XXI, ¿qué harías ahora Elena? En estos movidos tiempos en que las manifestaciones callejeras ya no tienen el mismo impacto. Hoy las redes sociales gobiernan al mundo.

—No me disgusta tu espontánea observación. Yo pienso que hoy buscaría un escaño, una curul, un espacio en el Congreso de la Unión, y desde esa tribuna alzaría la voz, tal vez con mayor fuerza que antes. Lo que sí, ahora trataría de no perder la compostura. Obvio, no me desprendería de la trinchera del periodismo, es un balcón directo al escenario político. Además, buscaría aliados que compartieran mis ideas.

En eso Rosario agregó inquieta:

—¡Yo fui embajadora, una lacandona diplomática! ¡No lo olvides! Y mi voz, aunque tenía voto, nunca encontró eco. Sonó vacía entre tanto inútil.

—Es que estabas al otro lado del mundo. Además, ¿No crees que tus críticas se perdieron en la abstracción filosófica? Te lo digo porque en *El eterno femenino,* que tiene un carácter abiertamente feminista, su estructura se me figura muy tierna y el sentido del humor de que la dotas deja de lado la contundencia y la firmeza de las intenciones. Tus diatribas las exponías a través de la burla y la ironía, tal vez te faltó *punch* a la hora del asalto.

—Y qué otra cosa me quedaba, más que exigir por la vía de la tinta y el papel justicia para la mujer campesina, para la criada golpeada, para la trenza jalada, para la cocinera insultada, para la madre utilizada. Simone de Beauvoir lo dijo con todas las palabras en su libro, *El segundo sexo: "En la lucha, la victoria pertenece a quien pone de espaldas en el suelo al adversario: ahora bien, la mujer esta acostada en la cama en actitud de derrota; peor todavía es que el hombre la cabalgue como si fuera una bestia sometida a la rienda y el bocado".* Y yo, según tú, Elena, dices que mis críticas no tenían fuerza, que no estaban encaminadas hacia la vía de la persuasión. ¡Cómo te atreves a decir eso! Simone lo escribió antes que yo. Una mujer leída en todo el mundo. Lo hemos dicho muchas, muchas mujeres, desde todas las tribunas, desde cualquier nivel social, pero la palabra no tiene cabida para los ojos ciegos y oídos sordos.

Y en eso, los ojos vidriosos de Rosario quisieron echar a perder el homenaje a la libertad.

—¡No! ¡No! ¡No llores! —gritó Elena arrollando la amargura de Rosario—. Me molesta que las mujeres lloren cuando están ejerciendo su derecho de reclamar. Pierden objetividad. Hay que dejar que aflore el coraje, la voluntad, el temple, la valentía. Si al momento de tu protesta lo conjugas con lágrimas, entonces proyectas debilidad y pierdes direccionalidad, como ahora. El hombre al ver llorar a una mujer siente que gana, porque piensa que ha llegado al punto flaco de tu feminidad. ¡No hagas eso Rosario!

—¡Qué desdicha ser mujer! Y, sin embargo, cuando se es mujer, la peor desgracia, en el fondo, consiste en no comprender qué se es. No lo digo yo, lo dice Kierkegaard, al referirse a la condición de la existencia humana. Creo que en este momento viene al caso.

La chiapaneca se levantó lentamente de su silla. Buscó los alrededores de la mesa y los miró con su fanática tristeza, como una golondrina en el aire en busca de alimento para sus crías. Se llevó las manos blancas a la nuca, acarició su cerebro adornado de un peinado como corona en su cabeza, clásico de los setentas, como si en breve tuviera que presentarse ante una reunión importante.

—¡El hombre tiene que aprender y enseñarse a ver a la mujer como su apoyo! Su compañía, la palabra de a lado, la extensión de su sonrisa, la metáfora perfecta en una charla. "Hombre y mujer, café y azúcar". "Hombre y mujer, noche y día". "Hombre y mujer, blanco y negro". Parecen circunloquios sin siembra, pero son elementos que no pueden pensarse separados. ¿Por qué tengo que servirle cuando él quiera y no cuando yo lo desee? ¿Por qué tengo que tener sexo con él cuándo yo quiero hacer el amor? ¿Por qué quiere que lo vea como mi padre, si lo amo como a mi hombre? ¿Por qué debo callar cuando él habla? Quiero disfrutar de su cuerpo teniendo sexo sin que me llame puta. ¿Por qué debo someterme a su iniciativa? ¿Por qué debo someterme a su palabra?

—¡Por qué lo dijo el apóstol San Pablo, "el León del Evangelio" en la *Biblia*! En su carta a la congregación de Efesios lo señala desde el versículo 21 hasta el 25, del capítulo 5: *"Que las esposas estén en sujeción a sus esposos, como al Señor, porque el esposo es cabeza de su esposa"*. ¡Y desde ahí nos jodieron!

—Hoy la sociedad masculina lo interpreta a su modo, le da otro significado, un color dispensado en su actitud que lo convierte en poderoso portador de una versión casi divina, dicha por un apóstol que vivió en los tiempos de otra era, cuando el hombre había dejado apenas la facha de orangután. Un fracaso.

—Esas ya son injurias, no se vale. ¡No pueden ser tan crueles ustedes con el camino del hombre, no estoy de acuerdo!

Rosario y Elena
II

SIETE

Las sombras descompuestas vagaban entre los muebles y acariciaban los lados pétreos apenas iluminados. La escena triplicaba el desvelo de cada uno. No se perdía el orden de las facciones en el perfil de los protagonistas, la noche seguía yéndose, esfumándose, a pesar de que el tiempo era prestado por la intensidad de un sueño prodigioso.

Elena se levantó para romper con la pasividad de su compañera. En pos de una tregua, pasó su diestra sobre su cabello que se desbordaba en los hombros y lo echó hacia atrás, despectiva. Llegó al pie de la ventana. Estirando los brazos movió las cortinas plomizas hacia los lados y acercó los ojos al armazón cuadriculado de los cristales húmedos por donde podía atestiguar la nocturna comparecencia de una oscuridad quebrantada por los relámpagos. Regresó al sillón a seguir compareciendo con el juego de voces traídas desde la astralidad.

Rosario Castellanos imitó la rebeldía de su colega. Se desprendió odiosamente de la silla. Suspiró largo y profundo, dándole empeño a su respiración hasta encontrar un ritmo pulmonar que le proporcionara alivio, sosiego. Sus manos lucían una extrema delicadeza femenina, mostraban una excelsa pulcritud en sus largas y cuidadas uñas esmaltadas, en la lozanía de una piel donde no se asomaban los años, ni siquiera huellas de los quehaceres domésticos. Cualquier macho ansiaría una caricia de una mujer cuyas manos semejaran nubes de algodón. Sabedora de esta virtud las contempló, les pasó revista, para después caminar sin rumbo y ahogar sus lamentos en el fondo de su conciencia. Minutos adelante, reencontró su sitio en la habitación.

Sus camaradas la miraron. Notaron que Rosario descomponía su rostro entre la alegría y la melancolía, con evidentes deseos de correr en el río de sus adentros, pero se contuvo. Buscó sus ojos en cualquier reflejo, pero no lo había en esa bohemia de las remembranzas. Al fin, volvió a manifestarse como una tarde llovida entre el azul y el gris de los ayeres.

OCHO

—¿Dices que has leído todo lo que escribí?

—¡Cierto! Casi todo.

—Entonces seguramente leíste lo narrado en *Álbum de familia*. Ahí le doy un suspiro de vida al desarrollo de un diálogo entre dos personajes y hablo de cerca sobre el fracaso, y subrayo que: *"Contra el fracaso queda una defensa; la certidumbre de que es injusto, de que la posteridad rectificará el error. Y eso te lleva a encarnizarte aún más, si es posible, en la persecución de la palabra exacta, de la metáfora fiel".* Lo otro, el halago, la facilidad de una miel que, primero, no rechazas porque es sabrosa y de la que después no aciertas a desatarte porque es espesa, y te debates en ella, inútilmente, como un insecto, hasta el fin. ¡Aguanta!

—Eso es masoquismo puro. En ningún momento he dicho que el intento de ambas se estacionó en el pasillo del hundimiento y la decepción. He subrayado, y vuelvo a insistir, que lo generado por ustedes no fue suficiente. Aunque evidentemente ha habido un cambio.

—¿De cuánto?

—Los cambios se han ejercido de manera paulatina y el tiempo se ha encargado de darle su verdadero peso a las cosas…

—Ya, ¿cuánto es cuánto?

—Ha sido una tarea ardua conquistar, dentro del terreno de los derechos de igualdad, el reconocimiento a las mujeres. No ha sido fácil lograr que se traduzcan en condiciones sociales más justas para ustedes. Ha implicado la transformación de una mentalidad que colocó de modo atávico a las mujeres como medio de reproducción y seres vigilantes de los aspectos más esenciales de la vida humana, sin que esa labor haya sido valorada en su plenitud.

—¡Vaya! Hasta que estás diciendo algo cuerdo.

—Por el contrario, estuvo siendo calificada como un quehacer nimio, dado que la sociedad ha procedido tradicionalmente en este aspecto y le ha colgado el gancho de roles de género a la actividad de mujeres y hombres. Es decir, la designación de tareas específicas a cada uno, razón por la que en mucho tiempo se haya impedido ver la discriminación sufrida por las mujeres en su vida diaria.

—Perdón de que seamos tercas. ¿De cuánto?

—En los tiempos en que ustedes se afanaron para que estas funciones tuvieran eco en el ámbito femenino, y marcándolo como el cien por ciento en su entonces, yo pienso que hoy estas señaladas acciones de desigualdad han disminuido de manera considerable. Y me atrevo a pensar, sin consultar a INEGI, que se ha abatido en un cuarenta, tal vez cuarenta y cinco por ciento. A la fecha se sigue combatiendo.

—¿Qué tan representativo es ese porcentaje? Digo, desde tu óptica.

— Elena, sigues con el dedo en la llaga. Intuyo que Octavio Paz de veras habría reñido contigo, cómo machacas para responder a tus demandas. Cambiemos de tema, por favor.

—¡No disimulo mi temperamento!

—En la obra teatral que todos los críticos te alabaron, *Un hogar sólido,* hay un breve intercambio de información entre dos personajes que diseñaste a la perfección; la Madre Jesusita y Catita, quien dice: *"¡Yo quiero ser el dedo índice de Dios Padre!"*. Un personaje que ansiaba tener todo el poder. Una ambición inconcebible. Así eras Elena. Una mujer que quiso robarle al tiempo lo que el tiempo no tenía para darte.

—Para mí la vida corrió de prisa. Me demandó, me exigió, denunció y reclamó todo lo que estuvo cerca de mi periferia. Yo, de la gente quería todo y nadie sabía cuánto ofrecía yo. Mi terquedad y perseverancia, como bien dices, me encumbró, así quiero verlo. No de otro modo. Quiero pensar, porque así lo hice hasta mi último día de vida, que mi camino andado tuvo una razón de ser. Como dijo Paul Anka, en voz del inolvidable Frank Sinatra en su versión original: *"lo hice a mi manera"*, y si me equivoqué, *I did it my way!*

—Pues mira, desde los tiempos de la Revolución Mexicana hasta acá la mujer ha ganado en modernidad. Ya cuenta con una aspiradora, una alfombra, plancha eléctrica, lavadora automática, su compañera la secadora, la olla de presión, el microondas…

—¡Ja, ja, ja, ja! ¡Contra todos los pronósticos me has hecho reír!

—¡Ah! Y también las pantallas gigantes de televisión para no perderse las telenovelas. Encima, con la modalidad del Netflix.

—¡No te olvides del celular! Que es una herramienta indispensable para las chicas que quieren estar a la moda. En Tel Aviv hubiera sido una gran ayuda para sentirme cerca de todos y lejos de nadie.

La intencionada mofa no resultó hiriente, al contrario, rieron con esa fotografía locuaz y momentánea que se prolongó largos segundos, provocando entre los tres una tregua que solidarizó el conciliábulo. Se invadieron con miradas curiosas, compartiendo una sonrisa abierta, se distendieron los rostros magnificando esa relajación y casi hubiesen llegado a más, pero habían quedado en el aire las mociones convincentes en favor de la imagen femenina.

—Dejémonos de bromas, ambas estudiamos en la UNAM y sabemos bien el papel de la mujer adolescente dentro de las aulas. Yo llegué desde el sur del país, y tú ya estabas viviendo en la Ciudad de México. Desde entonces, me acuerdo, ya se ventilaba el asunto sobre la Equidad de Género. Por tanto, trataré de ser concisa en mis apreciaciones. Habíamos consolidado cosas importantes al final del siglo XX. Por ejemplo, mayor cobertura en las universidades del país. La ONU (Organización de las Naciones Unidas) había decretado que el 8 de marzo se celebrara el Día

Internacional de la Mujer. Jubilosas festejamos la entrada triunfal a las filas del Ejército, no solamente como enfermeras o cocineras, sino empuñando un arma al frente del batallón, compartiendo el mismo riesgo con los hombres —la Castellanos, inspirada, volcaba su opinión en el corazón de la velada—. Aún conservo el recuerdo del nombramiento de la primera mujer en Gran Bretaña como primer ministro. Obvio, me refiero a Margaret Thatcher. Por lo dicho anteriormente, no me sorprende que hoy existan presidentas en diferentes países, gobernando igual o mejor que el hombre. Damas de gran personalidad presumen hoy de estar en la cumbre. Un ejemplo para la estabilidad plural en la sociedad universal. Sumando lo explicado, hoy vemos por los inmensos escenarios a las mujeres conducir un taxi, un vagón del metro subterráneo, un avión, un tráiler. En pleno siglo XXI, mujeres liderando asertivamente poderosas firmas de carácter deportivo o financiero. Incluso ver por televisión, transmitido a todo un continente, una chica arbitrando un partido de fútbol. O sea, la mujer ya universalizó su potencial y ahora nuestra presencia está en todas partes del globo terráqueo y en cualquier sitio imaginablemente humano. Ya no existen sitios diseñados únicamente para el varón. Al fin se ha vuelto endeble y, claro, ha menguado su endiosamiento. A estas alturas ya no es tan imprescindible. Salvo la aportación de su semilla seminal para la creación de la vida humana.

—Aparte de lo expuesto agregaría que, desde hace décadas, se dio a conocer una corriente ideológica llamada "Feminismo Cultural". Justo, se sustenta en la pomposa idea de crear una base teórica de la existencia y valoración de las particularidades de la mujer, gestando con esto su verdadera independencia.

—Se oye bien, ¿no crees Elena? Después de abrir los ojos en mi Chiapas y habiendo nacido entre el metate y el molcajete, el petate y el manoseo tradicional del carbón debajo del comal, me da gusto escuchar que, después de todo, las faldas han subido de categoría. Finalmente hemos escapado de la faena atávica en las paredes de la cocina, de la jerga y el trapeador. Obligaciones que parecieron eternas en el destino de nosotras. El horizonte ahora se elonga hacia la oficina, la empresa, la industria, los negocios y la política.

—¿En dónde dejarían las tareas del hogar?

—Repartidas y a partes iguales. Considerando que tanto el hombre como la mujer quieren y desean estar con quien verdaderamente quieren estar. Esto es, ninguno deberá estar obligado a realizar tareas que no son de su agrado. O sea, por amor haces todo, realmente todo. Hasta seguir con las tareas que acabo de subrayar, pero lo haces porque quieres hacerlo y no por una imposición del pantalón hacia la falda. Que quede claro.

—Explícanos, estimada poblana, ¿qué opinión guardas de la mujer universitaria, en la actualidad?

—¡Que son mujeres abiertas al mundo, dispuestas a explorarlo en todos sus ámbitos, mujeres que no se retraen ante el empuje del varón! A sus plantas dominan el mundo que les rodea. Ya no tienen al padre que les vigilaba la sombra y les doraba la píldora, ni a la madre para darles el chupón a diario. A estas alturas la mayor parte de las jóvenes en edad universitaria son independientes. Unas porque trabajan y estudian, otras porque reciben de sus padres la manutención desde lejos y ellas como pueden se brindan a sus obligaciones. Y existe otra mujer más valiente aún, la que con familia por mantener se crece al castigo y asiste a clases para poder titularse y así alcanzar una meta anhelada. Cuando yo estudié en la UNAM, la mujer era como un alfiler en el pajar de los rancheros, rodeada de hombres por doquier y la principal carencia de nosotras era la imposibilidad de enarbolar la independencia. Mi palabra estaba empeñada en casa, mi virginidad era resguardada como al tesoro de Moctezuma, era una cárcel abierta, sin muros, pero donde el pecado rondaba como cuando entras a la iglesia. No lo dices, lo guardas, lo traes dentro, es más, sueñas con ser atrapada por él, verte envuelta en esa vorágine en donde las llamas te abrazan, como al mezquite en el desierto. ¡Quieres quemarte en aras del sexo o del amor!

—Aprovechando que Elena llegó hasta ahí, te pregunto Rosario: leí detenidamente tu pequeño ensayo sobre *La mujer mexicana en el siglo XIX* que dibujas en *Mujer que sabe latín*. Me enamoras cuando dices que *"la belleza de las mujeres de aquí consiste en los soberbios ojos negros"* —evidentemente te refieres a las mexicanas—, *en el hermoso cabello oscuro, en la hermosura de brazos y manos, en su pequeño y bien formado pie"*. Y también sus defectos, apuntas: *"Con demasiada frecuencia son de corta estatura y demasiado gordas, sus dientes suelen ser malos, y el color de su tez no es el olivo pálido de las españolas ni el moreno brillante de las italianas, sino un amarillo bilioso. Porfían en introducir el pie en un zapato media pulgada más corto y arruinan el pie, destruyen su gracia al andar y, en consecuencia, el de sus movimientos"*. Con tremenda descripción yo te pregunto: ¿Cómo está eso? ¿Por qué le pones al lector una interpretación que parece indigna? Es decir, primero abrillantas su personalidad y luego les quiere clavar una estaca.

—¡Porque mi vocación de escribir, nada tiene que ver con mi honestidad! ¡Fingir no me quedó nunca! Con frecuencia me agarraban en el delito cuando lo intentaba. La gente se enteraba luego cuando empezaba a simular lo que no era. Seguramente sabes que vivimos en la era de la simulación. Simular lo que no eres, pero quisieras ser, es de todos los días y, además, lo expones sin vergüenza a quien te conoce. Fingir te hace refugiar en la ansiedad y en la arrogancia. Te esfuerzas por sostenerte en la doble raya de la mentira. Aunque tu realidad esté a kilómetros de distancia. Hoy en día encuentras a muchos hombres rondando por las ciudades así, con ese estilo de vida. Presumen ser quienes realmente no son. Y cuando alguien se acerca lo suficiente, entonces se desenmascara la situación. ¿No te parece ridículo? En cambio, si te vas a la sierra, al monte, y te paras sobre cualquier paraje montañoso conocerás al verdadero indígena mexicano. El que no tiene temor de exhibirse tal y como es. ¡Un indígena! A mucho orgullo. El que presume de ser tzotzil, mexica, poblano, tarahumara o náhuatl. Él o ella portan su origen con orgullo. Lo que realmente son y se precian de serlo, sin simulaciones. Es más, para terminar diré que el turismo internacional busca estos modelos para recoger de ellos un ejemplo de virtuosismo y probidad. Eso es lo que te quise decir, justamente.

—¿Te sentías bella?

—¡Siempre me sentí bella! Fue una repetición en mi constante. Nunca acudí a cuestionar al espejo, ya lo comenté con anterioridad. Ansié, eso sí, que un macho se fijara en mi aspecto, y encontrara lo que a un cristal le es imposible emitir.

—¿Te gustó ser mujer?

—¡Por supuesto! Agradezco a Dios que me haya hecho mujer. Tan orgullosa me sentía de serlo que estaba perdidamente enamorada del cuerpo de un hombre que desafortunadamente no experimentaba la misma atracción por el mío. Y en referencia a Ricardo, aprendí que innumerables veces una se enamora de quien no le toca enamorarse. Ese hombre no era para mí; pero, ya ves, nadie es perfecta. Consecuencias de estudiante en la Facultad de Filosofía y Letras. A pesar de eso, me recargué en el grato ejemplo de mi Frida Kahlo. La idealizaba tanto que hasta sufrí su propia muerte. Atacada por la parálisis hasta el día en que dejó de respirar. El sufrimiento nunca abandonó su alma. Los estragos que le dejó su terrible accidente fueron siempre la causa de su padecer. Nomás de pensar que esa pobre mujer fue crucificada por un tubo que le penetró por la vagina y le salió en la espalda, me pongo chinita, de verdad. ¡Espantoso! Y todo por un baboso camionero que trató de ganarle al tren sobre las vías. ¡Carajo!, a quién se le ocurre. Incluso incapacitada, tomaba los pinceles que su padre le había regalado y pintaba lo que a su mente se le antojara. Cuando pensaba en ello, mi sufrimiento era nada en relación con el que padecía ella. Una mujer admirable. Y en el amor íbamos a la par, sufriendo ambas del mismo dolor. Por eso es que al ver sus obras pictóricas me pongo de pie. Es un placer disfrutarla.

—Sin compañero sentimental. ¿Qué hacías con el reloj?

—La verdad es que no me la pasaba tan mal. Escuchaba a Vivaldi y sus *Cuatro estaciones*. Los valses de Strauss me fascinaban, me ponía a bailar yo solita como loca por la sala. Mozart entraba por mi cerebro como energía eléctrica y embellecía mi espacio. Violaba mis sentidos. Esta magia la combinaba con una buena lectura. Un libro siempre es un buen acompañante. Me gustaba leer poesía en voz alta, con una copa de vino generoso o un café capuchino en mi repisa. Como decía María Félix, era un lujo, pero bien que lo valía.

—¡Trágica tu muerte! ¡Qué horrible morir electrocutada!

—Lo que son las cosas. Nunca pensé en el suicidio. Si eso insinúas. Claro, siempre quise recomponer mi área sentimental. Normal, si se le puede llamar así a nuestros conflictos internos, pero nunca me pasó por la cabeza dañar mi cuerpo a través de la automutilación. Incluso odiaba a quienes se tatuaban el cuerpo, siempre se me hizo una forma extraña de violar tu virginidad corporal.

—¿Quisieras regresar al mundo de los vivos?

—¡No! Categóricamente te digo que no. Desde que entré al inframundo donde estoy, se murieron mis penas, mis conflictos e infinidad de quebrantos. Se murió la desazón por un amor imposible, la eterna angustia del sentido de la permanencia y la pertenencia, la impotencia de estirarse y no alcanzar, de envidiar lo que no se tiene. ¡Definitivamente no! ¡Así estoy bien, créeme! El mundo de los vivos es terrible. ¡Y si no, mírate!

NUEVE

Lo que dijo Rosario provocó que su interlocutor sintiera un leve temblor en su existencia y esa reacción inusitada podría romper con su concentración. Parecía dormido sobre el sofá de su sala con sus piernas en flor de loto (a lo *padma*), simbolizando la pureza del cuerpo y del alma. Una persona como él, evolucionado, bien maduro en este ámbito, teniendo su cuerpo perfectamente organizado, ideado para emplearlo como vehículo de su conciencia, suspendido en el etéreo mundo abstracto, flotando en el espacio desconocido, sobre una levedad bien controlada desde la densidad de un plano físico. Conectado a su deseo inaplazable y ferviente de introspección absoluta, e introducido en la intangibilidad del vasto mundo. Él conoce el dominio de su naturaleza humana, sabe viajar a lugares remotos y proyectarse en el esbozo imaginario a través del desprendimiento de su conciencia. No es la primera y única vez que ha conquistado este objetivo. Ha ido cuesta arriba en sus intentos hasta lograr lo que hoy: Una conexión con verdaderas celebridades de la literatura mexicana.

Él estaba soñando lo que en realidad quería soñar. En una conciencia dual; es decir, estar pendiente de las consecuencias de su sueño y al mismo tiempo del modo en que interactuaba con el mismo. En un mundo de dos realidades. En dos figuras desdobladas desde el más allá para atraerlas a su cosmos. Las veía frente a él tal y como las figuró desde que leyó su vida, su literatura, su sensibilidad y su llanto a través de tantas páginas escritas. Plenas, capaces, integras, vivas.

Rosario Castellanos y Elena Garro se han confabulado para hacer de esta tertulia un teatro de ángeles caídos, recordados, leídos. Glorias de un México cuya crónica no tiene pretérito. La gente común no tiene memoria, solo los que aman las letras o los que viven del arte tienen sensibilidad histórica.

Él ha conseguido dominar su cuerpo y, haciéndolo, también es capaz de dominar su mente, creando el hábito de la concentración y controlando a plenitud el orden de sus pensamientos. Por eso es que puede abandonar su cuerpo físico, no solo durante el sueño, si no también, siempre que lo desee, como ahora, y viajar a lugares remotos, así como establecer contacto con quien le apetezca. Ha aprendido a transferir su conciencia de una entidad a otra sin dificultad. Por la postura inamovible que guardaba, por momentos parecía dormir.

¡Despierta! No nos trajiste aquí para admirarte como duermes, pensaron ambas en ese desorden de cosas que a la mente silente se le ocurren, pero que él escuchó a la perfección. Así, de este modo, reinició su intención de proseguir con lo que empezó. Ahora, dirigiéndose franco al rostro de Elena, la poblana, y alistando en su haber un áspero cuestionamiento...

DIEZ

Abrió los ojos y arremetió directo al rostro de La Garro, a quien tenía a tiro de su mirada pendiente:

—¿Por qué tanta afinidad con algunos escritores o escritoras que te ensalzan como si fueses una magnificente soberana ida?

—¿Te da envidia? Jajaja... ¡Ejemplo de una firme amistad muy solidaria! No necesito un abogado para que me defienda. Algunos calificativos son esplendidos para describirme. Con su apego a mi verdad sería suficiente para conversar todo un año. Mis seguidores son prolijos en ese sentido. Se nota que me admiran intensamente. Dicen cosas con verdadera devoción a mi favor, sin miedo a la crítica. ¡Hablan con los pelos de la burra, aquí en la mano! Otros, dicen cosas muy atrevidas, verdades a su altura y a su medida, aunque muchas las considero ficción. Pasajes de mi pasado sin que perforen mi herida.

—Déjame decirte que algunas se encargan de poner a Octavio Paz como un verdugo. Casi, casi, como el hombre que se encargó de fastidiar tu vida.

—¡Como lo que fue! Un macho culto, con la pluma en la mano. Con su puño y letra dominó a escritores, pintores, escultores, incluso políticos, nadie me lo platica, compitió con el que más. Conmigo hizo lo que quiso. Me usó. Lo mismo le pasó a la hermosa Diana bajo el yugo del príncipe Carlos. Octavio fue el hombre que se encargó de joder mi existencia. Un macho que afirmaba en su *Laberinto de la soledad* que el grito de guerra de los mexicanos era «Arriba México, hijos de la chingada». Y si un filósofo de esa talla pensaba eso, qué podía esperarme yo sino ser tratada como una soldadera del México que él pintó en sus relatos, en ese retrato hablado de su sempiterno ensayo literario.

—Rosas Lopátegui tituló su libro *El asesinato de Elena Garro*. Cualquier lector ya presupone fuertes declaraciones. Desde las primeras páginas se puede uno percatar de quién la asesinó. Un enunciado muy contundente. Sin duda tienes una amiga muy solidaria.

—¡Sé escoger bien a mis amistades! Aunque fue lento el aprendizaje, al final del camino supe elegir el uno por sobre del otro. Recuerda que no todo lo que brilla es oro.

—Recurriendo a tu intrincada labor periodística y envolviéndola entre el cúmulo de tu experiencia literaria relacionada con la investigación, ¿qué es lo más te llamó la atención en tu vida terrenal?

—Muchas cosas llamaron mi atención, pero una de ellas fue, sin lugar a dudas, la que realicé sobre la contienda por las tierras de Ahuatepec en 1959. Mi experiencia en este caso iba a confirmar lo que siempre había creído; que hay dos Méxicos: uno, minoritario, que goza de todos los privilegios; y el otro, el del indígena, que vive privado de todo derecho y garantía. Sabía muy bien que afirmar todo eso era un atentado. Sobre todo, desde que la Revolución había declarado a los indios Bandera de la Patria. La verdad oficial estaba muy lejos de la verdad.

—En el artículo que manejaste de *El instituto indigenista* dices: *"¿qué si puede un instituto controlar o convertir en Fray*

Bartolomé de las Casas a sus empleados?". ¿A qué se debe la ironía?

—Sería falso negar que en nuestro país no existen grupos que desprecian y discriminan a los indios. Pero estos grupos no entran en detalles étnicos. Para ellos todos los prietos deben ser tratados con la misma dureza. Si a uno de estos racistas se le dice que existen diferencias entre los indios guerrerenses y oaxaqueños encontrarían esta observación obsoleta y bizantina.

—Entonces, ¿qué es lo que necesita gente como ésta?

—La protección que necesitan los indios es la de establecer en su terruño un desarrollo económico que los libre de la miseria mezquina. Basta con que cualquier riqueza llegue a una comarca rezagada para que toda la región, sin discriminación de raza o de color, reciba los beneficios. Y lo dejo ahí justamente. La superioridad racial más extensa en México sin duda es la económica. Y de cultivar esta superioridad se encargan las clases dirigentes, empeñadas en sumir hasta la abyección a una gran porción de los indígenas.

—¿Algo que quieras agregar o decir al México que viviste?

—Afortunadamente me quedé sin crudas. No me apetece sumar una glosa a ese México de entonces. Mucho menos del que tú gozas ahora. Y lo que me urgía exhibir y gritar quedó plasmado en mis novelas, en mis cuentos, en mis obras de teatro, así como en todas las manifestaciones de protesta que fue de todos conocido.

—¿Consideras injusto el desprecio con que algunos sectores te señalan?

—No fui la única que sufrió el desprecio por hacer declaraciones sin tapadera. Antes nombraste a Gabilondo Soler, un señorón que compuso geniales interpretaciones infantiles. Por aquellos años lo acusaron de que la canción del *Negrito Sandia* tenía tintes de racismo. Lo suspendieron cinco años fuera de los teatros de la ciudad de México, hasta que alguien por ahí se conmovió y revivió a *Cri-cri*. También me acuerdo del famoso Manuel "Loco" Valdés, un cómico bárbaro que seguro recordarás cuando inocentemente y dentro de sus innumerables vaciladas en televisión, justo al momento de aludir a Benito Juárez, dijo en forma grotesca, sin pensar en el peso del chiste, *"bomberito Juárez"*. Y por ese disparate dicho a través del canal de televisión más importante del país en aquellos tiempos, lo expulsaron dos años de la televisión. Lo sorprendente es que hoy en día escuchas claramente, sin tapujos, y a canal abierto, como los políticos se insultan frente a frente. Con lenguaje corriente y procaz. Se dicen de todo utilizando apodos. Claro, los usan para embarrarse mutuamente en sucesos penosos y se exhiben como si fueran trapos tendidos en la azotea. De manera que las denuncias hechas ayer, hoy serían lavables, como el pastel sobre el mantel. Hubieran pasado desapercibidas y pocos habrían puesto atención a mis delaciones. En el siglo XXI las cosas se dicen y se hacen diferente, sin duda. Precisamente a eso yo le llamaría involución, pero bueno, no quiero entrar en mayores denostaciones. Como dijo José José, *"ya lo pasado, pasado"*.

—¿Cuestión de orgullo o de vanidad hacer declaraciones tan abiertas?

—Mira, te voy a poner las cosas en claro. ¡A mucho orgullo! Yo era una joven muy preparada, estudiada, inteligente, capaz. Déjame y te presumo. Antes de emitir cualquier verdad, la estudiaba y la investigaba, sin dejar nada suelto en el hilo ¡Y por qué no decirlo!, me consideraba bella. A hombres como tú, los manipulaba. Sí, tal vez conlleve cierta vanidad en mi apreciación, pero es que así me sentía. Créeme, muchos volteaban al verme pasar. La mujer no solo debe sentirse atractiva, también serlo en toda su estructura femenina. Bella con lo que se dice y se hace. Sentirse hermosa amando y conquistando. Majestuosa, persiguiendo lo suyo y lo que ansía hasta obtenerlo. Bella como una estrella que brilla en la noche, como luciérnaga. Por cierto, ¿sabes la anécdota de la luciérnaga en el lago de los sapos?

—¡No! La desconozco. Cuéntame.

—Ahí tienes que una luciérnaga les dice a sus compañeras que ella iba a averiguar por qué el sapo gigante mataba a cuanta luciérnaga encontraba en su mirada. Por lo que una noche sin estrellas, totalmente obscura, se dispuso a rondar encima de la laguna rodeada de montañas, donde el enorme sapo de pronto emergía impresionante desde el fondo. En eso estaba, cuando el monstruo se le presenta y se dispone a matarla, pero en ese momento la luciérnaga interrumpe al sapo de su propósito y le pregunta muy cándida: *"Espera, espera, sapito lindo, ¿por qué me quieres matar?"*, y el descomunal animal le responde todo iracundo: *"¡Porque brillas pendeja!"*. Y ¡zas!, la deshizo.

—Comprendo la metonimia y la naturaleza del mensaje.

—¡No! ¡No! No la puedes comprender. Segura estoy de eso —se repuso La Garro alzando la voz, al tiempo que la chiapaneca también la aprobó asintiendo con la cabeza—. Porque tú no eres mujer, como nosotras, y en ese papel justamente estamos todas las mujeres que hemos querido germinar, que por instantes nos sentimos inteligentes, capaces. Somos luciérnagas aplastadas por la mano del macho mexicano. Las que deseamos salir del basurero machista, donde ustedes nos han sumido desde hace siglos, y no solo en México, casi en todo el mundo latino. En cuanto brillas, te quieren aplastar. La mujer ha sido víctima de incontables sapos que han brotado del fondo del mismo averno, del pantano. Han deshecho a la mujer desde tiempos bíblicos. Sin embargo, tengo fe y espero con frenesí, los resultados de esta nueva ideología sobre la equidad de género y el empuje femenino impulsado por esta hipermodernidad. La mujer de hoy debe estar al mismo nivel que el hombre. Ni atrás, ni adelante. Ni mejor ni peor. Exactamente iguales, no pedimos más.

—Perfecto. Me queda perfectamente claro… Finalmente, Elena, ¿qué opinión tienes de la muerte? Ahora que vives en su campo de inacción.

—La muerte es vivir para siempre dentro de la obra que cada quien crea, es decir, la vida no es más que un espectro de la muerte misma. Cuando uno muere, vives para siempre, dependiendo del camino que elijas. *"El lleno de rosas te lleva al infierno"* y *"el lleno de espinas, te conduce al cielo"*. Todo tiene vida y tiene muerte. Lo mismo que a los elementos del tiempo: los segundos, los minutos, las horas, los meses y los años, a todos se los lleva el tiempo. Y con esto termino: cuando el sol sale, se ve la luz, se ve la vida. Pero cuando la luna aparece, ese negro que ves es parte de una muerte efímera, donde duermes y sueñas. Recuérdalo. Leer es vivir aprendiendo.

ONCE

Repentinamente, tras la ventana asoman los primeros rayos del sol de la mañana. Imposible impedirle el paso al interior. Razón por la que principiaron por descomponerse los contornos y las sombras adquirieron un volumen extranjero. De pronto, las siluetas de Rosario Castellanos y Elena Garro perdieron la solidez y su autoridad en el último eclipse del encuentro. Se va la noche y surge el día de manera irremediable anunciando un nuevo día. Se va el ayer y llega el hoy. Se va el negro y viene el azul del cielo. Se van las sombras y llega la luz. Todo ha terminado. Ha sido un sueño. La entelequia llegó a su fin. Después de la tormenta viene la calma. El rey desde el cielo ilumina el espacio y los colores despedazan la penumbra para horadar las páginas al horizonte.

Él se incorpora, mira a su alrededor, respira profundo y pierde su mirada en la ventana donde nace la claridad. Sus invitadas se han ido, pero le han dejado el quehacer de una nueva contienda en favor de la imagen femenina. Sale de casa y camina sin fijarse a dónde va. Saca las manos de los bolsillos del pantalón y se entera que está vivo. Sopla el viento a favor, lo percibe en sus mejillas y sus ojos húmedos en el cielo abierto abrevian una insólita experiencia. ¡Bella e interesante crónica después de la muerte…!

LA RECONCILIACIÓN DE MI VIDA

Prólogo

Justo aquí se desgrana la historia de un hombre que en su adolescencia y juventud era una clase de individuo, pero que en su madurez se convierte en otro ser completamente diferente. Una persona que aquilata todos sus errores para no repetirlos nunca más. Del cero al diez. Del negro al blanco. Así es como don Carlos se transforma. Es decir, nunca vuelve a ser el que antes fue.

Los golpes y las experiencias le van mostrando lo difícil que es vivir la vida. Con el paso de los años va reformándose, hasta que, en plena madurez, y gracias a las demandas de su numerosa prole, adopta una actitud combativa que en su entorno va generando frutos de aceptación y orgullo, atributos que le abren paso para ser considerado, en el medio turístico, parte esencial en los proyectos de alta envergadura.

Don Carlos, un hombre de lineamientos morales rectos y de irreprochable honradez, respetuoso y carismático como el que más, resultando incluso ejemplo de otros muchos que lo envidian, es puesto a prueba por el destino, y es que un día la suerte no le favorece, golpeándolo de frente en su rostro, reblandeciendo la trascendencia de sus valores y principios.

En una fiesta mexicana, una joya de valor incalculable se extravía a los ojos de todos y la mirada de nadie. Y esa pieza, un brazalete, transfigura la imagen de don Carlos y la de su propia filosofía. Justo aquí es cuando se ve acorralado por sus verdades y mentiras, por sus juicios y prejuicios, para tomar una sabia decisión, que a lo largo de su vida le ha acompañado.

Es en este instante donde la historia tuerce la trayectoria de nuestro protagonista, que se creyó inmaculado, y al final lucha por una reconciliación consigo mismo.

Una ventana al mundo

Ciudad de México, 1970

Una vez que don Carlos terminó de comer, se levantó de la mesa y se dirigió a la ventana. La tarde había caído tan pesada sobre su espalda que sentía todo el rigor del cansancio encima de su existencia, de manera que, asomado en ella, el aire refrescaba su rostro y le aclaraba un tanto la mente que, llena de ideas, se retorcía entre muchas reflexiones y viejos recuerdos.

Sesenta años de vida eran muchos en su haber como para que pasaran sin profundas anotaciones. Una realidad implacable que mostraban sus arrugas, extendidas en su frente y en las bolsas de sus ojeras, escoltadas por su mirada holgada en la meditación. Estaba recargado en el marco de la ventana principal de su casa, en lo alto del segundo piso de aquel edificio que era tan viejo como él mismo. Acostumbraba cobrarle a la madurez el costo de su experiencia, mirando y memorizando en el vacío de las calles las acciones emprendidas. En pleno ejercicio de su introspección trataba de obtener respuestas, distrayéndose con la mirada puesta sobre el paisaje de concreto. Su vista se enriquecía desde ese desvencijado mirador. Pensaba en las cosas que le correspondía arreglar. En algunas ideas se estacionaba para recomponer el rumbo, pero a otras las diseccionaba, condicionándolas a su dependencia o al impacto que ofrecerían. En fin, sentencias personales que requieren de una reflexión decorosa.

Aquella tarde nada era diferente de las otras. Los días corrían sin ninguna novedad. El barrio donde vivía en casi nada había cambiado. El panorama era el mismo de siempre. Los edificios de siempre, despintados y descoloridos. Construidos, quizás, en la misma época del protagonista que ahora se asomaba por la ventana. Haciendo cuentas, había vivido ahí más de veinte años sin nunca dejar de pagar la renta. Él sabía que hubiera podido pagar dos casas nuevas en ese mismo período si se hubiese decidido a comprarlas. Este antiguo departamento se constituía de dos recámaras discretas relativamente amplias. Un baño algo grande para la época, con tina al lado de una de las paredes, su lavabo y taza. Más allá, la cocina agradable y ancha, donde se acomodaba el refrigerador y una pequeña mesa donde la señora de la casa planchaba de tarde en tarde. Una sala-comedor que recibía a la visita, con espacio suficiente para acoger a toda su numerosa raza. Tenía predilección por convivir con la familia. Le gustaba que sus hijos lo mimaran y lo vieran como el líder. Cuestiones de amor propio, adonde viajaba al interior más delicado de su vida.

Aunque pasados los años esta gran sala se había dividido en dos. La causa fue la llegada de dos viejísimas vitrinas con muchos espejos. Don Carlos las ubicó justamente en la mitad de la estancia para dividir la sala. Esos inmensos muebles ocuparon alguna vez el espacio de una joyería que no funcionó. Las estanterías venidas a menos cortaban por mitad el área hogareña. Una parte era cubierta para el servicio del comedor y en la otra le daba cupo a una añeja maquinita de imprenta de marca Chandler, pero que de cariño le llamaron la Moctezuma, por lo anticuada, voluminosa y pasada de moda. En ella, los hijos de don Carlos se mantenían ocupados realizando trabajos muy sencillos, como la impresión de tarjetas de presentación, de Navidad y de algunos eventos singulares de gente que tenía compromisos sociales en la colonia, como la celebración de quince años, fiestas infantiles, bodas, homenajes matrimoniales y otras cosillas que acusaba una sociedad pachanguera. En fin, no solo era pasatiempo para los hijos de don Carlos era también para que ellos mismos se procuraran el alimento vendiendo lo que imprimían.

Cuando el dueño del edificio se enteró de lo que había hecho don Carlos, de trasladar una máquina de imprenta a su departamento, se presentó ante él y protestó, quejándose de que era mucho peso para el piso en cuestión y se corría el riesgo de provocar una ruptura en la placa inferior del techo. Dicho en otras palabras, podría causar un verdadero problema de reblandecimiento en las paredes del edificio, causando daños irreversibles y molestias severas al departamento de abajo. Sin embargo, don Carlos le respondió que, en breve, se desharía de esa maquinita, la vendería o la llevaría a otra parte. Le suplicó diciéndole que lo único requerido era su comprensión y paciencia, asegurándole que, en cuestión de días, o tal vez semanas, este asunto tendría un final feliz.

Pero nada, la Moctezuma siguió viviendo allí durante muchos años, hasta que los vecinos se acostumbraron al ruido que emitían sus fierros cada vez que era utilizada por alguno de sus hijos.

La costumbre adormece la intranquilidad del afectado.

Así, la extensa sala de paredes amarillas y mosaico *beige* quedó para siempre dividida en comedor, con su correspondiente área de trabajo para sus vástagos, que se manejaron ingeniosamente en el negocio de la impresión, procurando con esos trabajitos sus gastos personales y básicos. Así don Carlos solucionó el asunto de proporcionarles dinero todos los fines de semana. Por lo que cada jovencito tenía que buscar el modo de sobrevivir a través de la imprenta. De manera que cada vez que él tomaba el fresco, como ahora, desde la orilla de la ventana desvencijada, el volumen de la máquina impresora era parte de su paisaje cotidiano, pero no disminuía la intención sana de dominar desde ahí los claros y oscuros de la calle en donde vivía.

Don Carlos se distinguió por ser un hombre trabajador y dedicado a la familia. Un hombre con la virtud de saber obtener sus propios recursos, para sostener en base a ellos las necesidades esenciales de subsistencia. Su frase tan repetida en su interior le gritaba, *"aquel que no provee a los suyos no realiza el trabajo de un hombre"*, por algo habían transcurrido ya sesenta años; aunque treinta y ocho, según él, los gastó en parrandas, francachelas, borracheras y demás. Algo así como vivir el hoy sin pensar en el mañana. Presente sin futuro. En esos años en que para muchos jóvenes mortales no existe el tiempo y el reloj no tienen mérito alguno sin el desvelo sentido por los días que transcurren de forma irremediable.

Hasta que un día no marcado en el calendario, el crecimiento de la familia comenzó a demandarle y exigirle su presencia, su espacio y su dinero. Obvio, sin un plan estructurado y sin haberlo concebido, las responsabilidades se multiplicaron copiosamente, dándole duro a la bien intencionada razón de procurar las necesidades clásicas de cualquier hogar. La alimentación, el vestido y la vivienda, que le colgaron sus respectivos compromisos al cuello. De manera que resolvía sus habituales conflictos económicos sorteando riesgos y contingencias. El cariño y amor a una familia van de la mano con el empeño riguroso del trabajo cotidiano.

Lo demás fue cosa del tiempo, elemento que se encarga de poner en su lugar cada cosa. El trabajo se vuelve hábito y si a éste se le toma cariño, entonces la responsabilidad al desempeñarlo se convierte en pericia, se diluye, pasando a ser menos que una obligación; se aligera y se transforma en un factor de satisfacción.

Y hablando del factor tiempo, éste se encargó de dejarle innumerables marcas a don Carlos en su intelecto y en su corpulencia física. Un personaje como él, con muchas horas de calle y vagancia, convertido hoy en un viejo lobo de mar, que controlaba con autoridad y paciencia los asuntos de familia. Legajo de peripecias, de aventuras inimaginables, de las que en escasas ocasiones relataba a sus amigos, por temor a comentarios fuera de lugar. Además de que no le causaba ninguna emoción predicar su vida anterior, la de un pasado indolente y salpicado de pereza, aunque dichas experiencias le hayan sumado aprendizaje. Así que no tenía por qué presumir lo que le quitaba brillo.

En cambio hoy era un hombre sin mancha, marcado por sanas costumbres, con nuevo derrotero. Fumaba apenas un cigarrillo de vez en vez, de repente se tomaba una copa de licor, siempre para celebrar algo digno e importante, y a la sazón en eventos especiales. Rehuía las fiestas o reuniones tumultuosas, le gustaba ahora recogerse en casa, no es que fuera antisocial, pero hoy en día le desagradaban las borracheras y los enredos de vecindad, los comentarios golondrinos y mal aventurados de gente fogueada a lanzar injurias, simplemente por imponerse a los demás. Tampoco daba él la impresión de ser un ermitaño, aunque sí tenía el cuidado de seleccionar a sus amigos, charlando con sabor en su debida oportunidad.

Conociendo a don Carlos, cualquier mujer podría pensar que era un excelente candidato para marido. Un modelo, orgullo del hogar. De esos hombres que, visualizado por una mujer posesiva, una desearía encontrarse para manejarlo plenamente a su antojo. O sea, hacer de él un mandilón. Sin embargo, ya había dejado huella en muchas faldas. Contaba en su archivo personal tres o cuatro lamentables descalabros de consecuencias desastrosas, por lo que ahora esgrimía con atingencia y tino sus conflictos en este terreno. Las lecciones dentro del campo sentimental tienen un precio, que hay que pagar en su hora, porque es penoso quedar a deber. Las deudas de este tipo dejan secuelas peligrosas.

Practicaba con exceso el ajedrez. Presumía que era el mejor deporte intelectual. Ejercitarse con él era poner a trabajar la mente y sus accesorios, como el talento, ingenio, aptitud, la intuición. «Entregarse al juego de las tablas es reforzar y fortalecer la inteligencia», así lo subrayó muchas veces, «porque la mente es como el cuerpo», decía. *"Miembro que no se ejercita, pierde vitalidad y se marchita"*, alguna vez leyó esto en las páginas de un libro que hablaba sobre la vida de Winston Churchill. Sus compañeros de trabajo lo consideraban uno de los mejores exponentes en el arte del deporte pensante. Lo practicaba con bastante regularidad. Incluso llegó a ganar varios torneos de importancia que el Gobierno de la Ciudad de México organizaba al aire libre y en plazas muy significativas, como el Gran Bosque de Chapultepec, o en algunas casas de artistas o museos, en los que ocasionalmente se anunciaban pequeños torneos. Asistía contento, para darse el gusto de participar ante el público. Y como era de suponerse, también entre sus colegas se organizaban pequeñas competencias en las cuales salía a relucir la filosa perspicacia de don Carlos.

Hoy, como muchos otros días, estaba al pie de la ventana mirando a nadie, pero reflexionando de todo. Se premiaba con un descansillo que el horario le permitía en sus apretados espacios, tan sólo distraerse un poco del cúmulo de problemas que le tocaba resolver. Su esposa llegó para hacerle compañía en aquel mirador de orillas descascaradas, momento en que lo sacó de sus pensamientos, despejó su horizonte personalista y mirándola muy de cerca, en un lenguaje que solo saben leer dos personas enamoradas, le dijo, «gracias por la comida, estuvo deliciosa», la sujetó de la cintura, la arrimó hasta él y con un beso sellaron un acuerdo de gratitud.

Esta ventana, testigo mudo de innumerables anécdotas entre la familia, vio crecer de cerca a los hijos de don Carlos. Infinidad de veces sus codos alcanzaron a recargarse en la orilla para mirar el panorama cotidiano. También atestiguó los cambios urbanos que se vinieron dando en el exterior circundante. Las calles se ensancharon y surgieron avenidas donde antes gobernaban las polvaredas y la basura reinaba a la vista de los transeúntes. Se modificaron los paisajes. Aparecieron zonas habitacionales y la construcción de escuelas e institutos profesionales quedaron frente a frente. Esporádicamente surcaba un ferrocarril que lo hacía voltear a la izquierda del edificio. El ruido ensordecedor de esa máquina diésel interrumpía conversaciones, inclusive entorpecía declaraciones de amor.

Sin embargo, a este sexagenario protagonista siempre le gustó vivir en esta zona por quieta y pacífica. En ella no se localizaba una fábrica o industria que emitiera humos o vapores contaminantes a la comunidad. Gracias a ello también el vecindario era bastante tranquilo, no había mucho tránsito y sus coches encontraban fácil lugar donde estacionarse. A decir verdad, tiempo después los horarios de las academias e institutos profesionales modificaron dicha paz y transformaron ese sosiego en una colonia con bastante actividad estudiantil.

A pesar de esto, don Carlos había tomado mucho aprecio a sus calles. Específicamente a su medio ambiente, donde el factor preponderante era el estudiantado. Una colonia donde el Instituto Politécnico Nacional contaba con la mayor parte de sus planteles antes de que se erigiera Zacatenco. La Escuela de Administración, la de Contabilidad, la Escuela Superior de Medicina, el famoso "Casco de Santo Tomás" y sus vocacionales adyacentes. Por esa importante razón, las calles del sector por las mañanas presentaban una población flotante excesivamente numerosa.

Generalmente después de cenar se recargaba en la orilla de esta añeja ventana en compañía de su esposa, para conversar o señalar algo innovador que hubiese surgido en el barrio. Por ejemplo, la inauguración del Plan Sexenal; instalaciones y edificios cuyo propósito fundamental nació para fomentar el deporte. En su interior se construyeron canchas de béisbol, softbol, fútbol, básquetbol y una gran alberca rectangular. Evidentemente sus hijos fueron los primeros socorridos ya que la entrada era gratuita. Don Carlos tenía su guardadito en la mente, pensaba que ordinariamente los parques deportivos son la bendición de un sector popular. Ahuyentan a los malvivientes, espantan a las drogas y al pandillerismo, decía, sin duda es un factor determinante para la convivencia sana de la juventud, que encuentra quehaceres sin maldades planeadas. Además, allí se encontraban gimnasios al aire libre y techados, donde las cuotas eran simbólicas para el mantenimiento del parque.

Otro edificio que vieron crecer frente a su casa fue la Escuela de Ciencias Biológicas. Enorme inmueble que se componía de aulas modernas, talleres muy bien equipados, auditorio para conferencias, instalaciones deportivas para uso exclusivo de los estudiantes, áreas verdes bien cuidadas y bastante extensas. En fin, una serie de magníficas atracciones que provocaban orgullo de pertenencia en el espíritu de los jóvenes al ser agregados en una institución de buen nivel. Ocupaba toda una manzana. Esto le daba una gran dimensión al terreno colosal de la escuela y una identidad propia. Imagen cautivadora para que los candidatos a estudiar en Ciencias Biológicas se sintieran arrebatados por la hermosura de las instalaciones.

Así era de importante esa ventana, una especie de brújula, de bíblica clepsidra, que iba marcando el rumbo y el tiempo de las cosas, algo así como asomarse constantemente a un periódico que se encargaba de actualizarlos. Una ventana al mundo, al mundo de ellos y su entorno, que transformaba poco a poco el horizonte que fue virgen alguna vez y ahora popularmente habitado.

Además de todo este significado testimonial, la ventana también fue testigo mudo de decenas de conversaciones entre marido y mujer, en el que a diario comentaban del ayer, del hoy y del mañana, auscultando a sus hijos y su proceder. Examinando sus vidas como si fuesen sus médicos, aplicando cirugías congruentes o medicinando a base de consultas analíticas. Observando la conducta y dirección de cada uno de ellos, de modo receloso y paternal. Sobre el filo de ésta regularmente platicaban sus problemas más difíciles e intrincados, asumiendo acuerdos bajo los procedimientos que ellos acostumbraban manejar. Muchas veces, sin que los hijos se enterasen de la paciencia y estoicismo con que lo habían dictaminado, para llegar al fondo de las situaciones. Así los escrutaban, desde el hijo más chico hasta el mayor. La vida, con todas sus peripecias y su amor, les dio siete hijos. Y gracias a Dios, decía don Carlos, todos se lograron bien, siendo jóvenes de buenos principios y de carácter moldeable. Estaban muy agradecidos con la vida que les había tocado vivir y casi a diario la desenvolvían a la sombra y amparo de este mirador. Aquí reían, lloraban, comentaban, decidían y se amaban. Ellos mismos ignoraban porqué este lugar parecía mágico. Era el asomo al día o a la noche, al sol o a la luna. Al brillo o a la oscuridad. Era la representación de un centro ceremonioso con dos pisos de altura, en donde los sacrificios y bendiciones asomaban con gran frecuencia. Ignoraban aún que esta ventana les iba acompañar hasta el último momento, el suspiro final, la partida sin regreso.

Veinte años de asomarse a esta ventana, donde se recargaron siendo jóvenes, después maduros. Hoy, nuevamente juntos, entregados a su afable plática recordaban aquellos años tiernos, pletóricos de energía y entusiasmo, donde las voluntades no tienen puertas que tocar, ni fronteras que enfrentar. Señalaban ahora que el error cometido por muchas parejas e individuos es acordarse de los años, olvidándose de los días, que son precisamente la lupa examinadora de momentos inolvidables. Porque recordar esos instantes del cotidiano vivido es permitir el asomo de huellas profundas que, al palparlas nuevamente, son causal de grandes impresiones. Con alguna periodicidad, don Carlos le aconsejaba a su mujer: «Si volteas a ver los años anteriores te olvidarás de los días en que vives hoy. Lo más importante y único en la vida es el ahora. Y si bien es cierto que los amores de los ayeres delatan las paredes del presente, éste siempre será en el que respiras».

⌘⌘⌘⌘

Después de estar recordando viejos tiempos, se desprendieron de la ventana y fueron a su habitación a ver una de las clásicas telenovelas que pasaban cuando la tarde agonizaba. Era un gusto inapelable de su mujer mientras planchaba. Él no se lo criticaba, al contrario, se portaba risueño con los hábitos de su esposa. Pasaba sola mucho tiempo en casa, de manera que cuando él salía de viaje por largas temporadas su única diversión era este tipo de programas de rutinas arraigadas. Al fin y al cabo, algunos de sus hijos ya estaban en edad de cuidarse solos y generalmente volvían cuando la noche estaba avanzada, aunque las normas del padre ausente dictaban que a las diez de la noche las puertas de la casa se cerraban, y el despistado que se quedaba afuera sufría las de Caín. Aún y con todos los perdones que pronunciara, no se le abría la puerta sino hasta el día siguiente. Castigo acompañado de una severa reprimenda. Claro está, los hijos aprendieron la lección pronto y esto les obligó a observar la puntualidad requerida por su severo padre.

Don Carlos era oriundo de Torreón, Coahuila. Por cierto, nunca volvió a él, ni siquiera para visitarlo. Tierra situada al norte del país, de un rancho esquinado con los desiertos de Durango y donde la Revolución Mexicana tuvo mucho que ver en el futuro de su familia, debido a los desmanes, robos y abusos de quien ostentaba pertenecer a uno u otro bando. No soportando más los atropellos y violaciones de grupos aventureros por allá de los años veinte, la madre preocupada por su prole tuvo que emigrar con toda su carga sanguínea hacia el país vecino de los Estados Unidos, en donde la ciudad de Los Ángeles fue su lugar de residencia y estacionamiento fijo.

Esta agria decisión familiar se tomó debido a sucesos que marcaron severamente los días aciagos de la parentela en aquellos tiempos. La madre tenía que esconder a sus hijas, literalmente, para que la bandada de revoltosos no se las raptara. Las niñas, como ella cariñosamente las llamaba, estaban en edad de merecer. Las escondía metiéndolas en costales tejidos para el maíz desgranado, evitando con ello que las intenciones lujuriosas de los revolucionarios encontraran carnada para sus instintos sexuales. De ese modo vivieron situaciones bastante difíciles a las que, con regular frecuencia, tuvieron que hacerles frente. Afortunadamente nunca dieron con las hijas que luego las disfrazaban para que pasaran inadvertidas a la vista de estos vándalos.

En una ocasión su madre le contó a don Carlos que estos sombrerudos llegaron de repente al rancho. Eran unos treinta cuatreros empuñando sus carabinas. Con sus sombreros descosidos y polvorientos solicitando urgentemente comida y agua para la tropa y sus caballos. De paso, si se podía, arguyeron, también la gracia obsequiosa de una amable bienvenida femenina. Lo malo era la cantidad de fulanos cuya solicitud no era fácil de atender en tiempo y forma sin esperar a que estos mostraran enfado. La comida no iba a estar preparada en cuestión de minutos, sino de horas. La madre, sin haber tenido tiempo para esconder a sus hijas, las embadurnó de ceniza y polvo en las mejillas, las salpicó de grasa en las blusas, las despeinó grotescamente, y les quitó los zapatos; todo para dar la imagen de que sus dos queridas damiselas valían poco menos que un cacahuate. La señora contaba que su mayor temor en aquella ocasión fue el rapto de sus hijas a manos de esos atracadores, que no se hubieran tentado el corazón para salirse con la suya. Afortunadamente el truco funcionó y la cosa no pasó a mayores. Toda la bandada tragó en paz, cantaron, se emborracharon y se largaron dos días después, sin causar estragos en la atribulada estirpe.

Todos sabían que andando en la bola de gente que presumía de ser revolucionaria solo buscaban su beneficio particular, sin sentir verdaderamente el espíritu patriótico del levantamiento armado. Una cosa era luchar por las causas de un México nuevo y la otra era saquear, robar, esquilmar a un país ya de por sí empobrecido. A la madre estos sucesos la tenían muy molesta, no se veía reconciliación alguna. Un país sin sosiego. Era vivir en el filo de la navaja todo el tiempo. Ella apoyaba a Don Gustavo I. Madero. Simpatizaba con su ideología y la forma de abrazar sus objetivos que planteaba en las calles. Lo mismo pensaba del bigotón Emiliano Zapata, a quien admiraba por su apariencia y reciedumbre para exigir que las cosas del campo se hicieran. A veces aportaba dinero para la causa, o donaba ganado, solidarizándose en las votaciones colectivas, apoyando el movimiento junto a la masa norteña, que se reunía en periodos, para respaldar con lo que se pudiera, en forma clandestina, a los caudillos que perseguían un bien común, a fin de transformar social y políticamente al México añejo, lleno de injusticias y leyes inventadas por caciques y terratenientes, dueños de grandes extensiones de tierra, administradas y dominadas bajo el yugo del látigo.

Justamente por las condiciones dadas en el norte de la República Mexicana en aquel entonces, la familia decidió trasladarse al estado de California. La madre agarró a sus hijos y emprendió la huida hacia tierras más amigables, donde tiempo después don Carlos aprendió a leer y escribir casi a la perfección el idioma inglés. Consecuencia casi lógica de vivir en Estados Unidos. A fuerza de residir ahí y asistir a la escuela del condado todos los días durante años el inglés cubrió la necesidad obligada del idioma.

Él ignoraba entonces cuánto iba a servirle el aprendizaje de este idioma. Pero cuando reapareció en México años adelante, el dominio del inglés configuró su carrera profesional. Lo convirtió en el eje central de eventos, e interlocutor principal, y a veces único, para manejar a grupos de turistas provenientes de los Estados Unidos, Inglaterra y Canadá. Discursos en inglés, interpretaciones simultáneas, conferencias y traducciones con la facilidad de un maestro, convirtieron a don Carlos en el más buscado de los guías de turistas. Era solicitado para la interpretación de itinerarios, contenidos de programas y paquetes turísticos. Cargos transitorios que lo acreditaron para ganarse la confianza, el respeto de notables personalidades y funcionarios importantes de agencias internacionales. De alguna manera estas acciones representaron una suerte para el progreso de su afición al turismo y le permitieron tener mejores oportunidades de superación profesional.

Antes que esto, el tiempo había pasado marcando un ayer imborrable para don Carlos. Estuvo aquí y allá, por muchas partes, dando tumbos y tropezones cual novato, entregándose a las emociones mundanas. De los Ángeles, California, se vino a Acapulco, Guerrero, donde puso una joyería. Vendía plata al turista internacional, ya que era sabedor de que éste es un metal preciado para el extranjero. Se comercializaba bastante bien en la zona costera de aquel puerto paradisíaco. Pero su poco interés de vigilancia de su empresa lo llevó a la quiebra y tuvo que cederla a una de sus hermanas, que entendía bastante del negocio de la platería. Al cabo de otro tiempo, viajó a Taxco. Teniendo cierta experiencia en el medio, nuevamente se lanzó como platero, con la firme esperanza de solidificar en breve su negocio al que llamó *"Platería Mexicana",* pero como dice un viejo refrán: *"El que nace pa' maceta no pasa del corredor",* nuevamente tuvo que revender a otro interesado su establecimiento, para evitar quedarse sin dinero en el bolsillo.

⌘⌘⌘⌘

Dejando el pasado en su lugar, don Carlos desde hacía veinte años estaba instalado en la Ciudad de México. Hoy se sentía a gusto con su esposa, lo reflejaba en su rostro. Dinámico, y apasionado en sus cosas por venir. De carácter jovial y mirada amable, bien parecido y con porte distinguido. Cuando se erguía al frente de sus clientes don Carlos mostraba mucho aplomo y seguridad, tanto por el manejo adecuado del inglés, como por los conocimientos que él poseía acerca de las culturas prehispánicas, el período precolombino y el México actual, así como los pormenores de la historia azteca. Toda una enciclopedia andante.

Estas características, sumadas a la simpatía que despertaba, con el ingrediente de una fresca sonrisa, o su natural amabilidad en el trato común con la gente, causaba la admiración de todos. Se convertía en el foco de atención de otros grupos de turistas aledaños, que al escucharle hablar y expresar sus comentarios siempre atinados, se le acercaban dejando de lado las esforzadas explicaciones de otra persona que los guiaba y conducía en ese momento.

A menudo le acontecían sucesos inesperados en el Museo de Antropología e Historia, ubicado dentro del Bosque de Chapultepec. Por ejemplo, entrando al recinto histórico con un pequeño grupo de diez personas a los que cobraba por la explicación a detalle, salía acompañado por más de treinta extranjeros, que al final del ilustre paseo le expresaban su respeto y admiración por la forma de impartir su cátedra. Evidentemente se ponían adelante con una buena propina. Entrar a este museo era maravilloso. Comprender y entender cada una de las salas de este enorme diccionario histórico era de propiedad absoluta del conocimiento personal de don Carlos. Se ufanaba de manejarlo con datos verídicos y fechas exactas. Su exposición y apuntes al respecto satisfacían plenamente cualquier pregunta o duda lanzada al instructor. Tener información y saberla manejar hace rey de quien la ostenta. Este museo fue inaugurado en 1964, desde entonces se considera una obra maestra de la arquitectura moderna, siendo uno de los más completos y funcionales del mundo entero, con hermosas e interesantísimas salas de exhibición, cuya historia abarca todos los orígenes de la civilización mesoamericana. Y justamente de eso hacía alarde don Carlos, de su erudición para manejar la información a su antojo. Y decía cosas como: «Aquí se encuentran vestigios y datos de culturas como la teotihuacana y tolteca; los mayas, la zapoteca y mixteca; así como grandes detalles de la cultura azteca que asombra todavía a arqueólogos y etnólogos encumbrados. Es encontrar el verbo del indígena en todas sus manifestaciones. Es recrearse entre el pasado y el nacimiento de los primeros pobladores de Mesoamérica. Es admirar los monolitos, jeroglíficos, las piedras preciosas de entonces. Su calendario azteca, cuyos rasgos son misteriosamente interesantes. Es conocer mi pasado y mi presente», decía don Carlos generalmente al terminar su sabia exposición con una afable sonrisa.

De eso se aprovechaba, le sacaba jugo a la facilidad de comunicar su información y trasladar sus conocimientos. Erudito en la materia, clásico en el manejo interpretativo de cada pieza y seguro de proporcionar datos y fechas reales en cada exposición. Lo mismo le ocurría al visitar el bello parque de Chapultepec. Y comenzaba: «Es una isla pintada de verde nutrido y abundante en el mismo corazón de la capital mexicana. El rincón que fuera sitio de recreo de los reyes aztecas. Hermosa residencia hecha castillo, cuyas paredes fueron testigo del amor loco pero evidente entre Maximiliano y Carlota. Superficie donde fue levantado el histórico Castillo de Chapultepec convertido en institución cultural desde 1941, encerrando otro maravilloso álbum de sucesos, episodios y monumentos en la rica museografía mexicana».

Iban y venían las preguntas surgiendo intempestivas. «¿Por qué ahora es museo?». «Fue una hermosa residencia hecha castillo», explicaba don Carlos, «después brotó la idea de transformarlo en academia militar, defendida heroicamente por jóvenes soldados en el año de 1847, cuando la invasión estadounidense. De ahí precisamente nace la conmemorada hazaña de los Niños Héroes que nuestro país festeja con enaltecimiento patriótico. Lustros más tarde, esta plaza funcionó para despachar asuntos presidenciales durante muchos años, hasta convertirse en lo que es ahora».

De este modo, el grueso de sus respuestas era regularmente acertadas, siendo del agrado del receptor. Estaba familiarizado con muchos datos y los manejaba con habilidad en su momento oportuno, con extrema destreza, de manera que preguntarle era revolucionar su ego para que con cierta vanidad respondiera al instante. Estaba en su medio, como la brújula en el desierto, la ola en la playa. Daba crédito a la frase, *"la información es como el agua, vital para dar existencia al hombre"*. Era buscado en infinidad de oportunidades para salvar contingencias en grupos de reconocido nivel cultural. Diestro en la historia universal y en los modismos del inglés. Hombre que sabía cultivar sus relaciones interpersonales, íntegro, completo, seguro. Características todas que fueron el éxito de su carrera como guía de turistas, trabajando para varias corporaciones, oficinas y elegantes hoteles de cinco estrellas en la Ciudad de México. Y aunque raras veces desconocía la respuesta, prefería decir un angustiante y sincero, «no sé, déjemelo de tarea, deme su teléfono y más adelante le daré la información». Y sí, lo hacía, consolidando su reconocido papel de guía de turistas entregaba la petición a quien fuese, con humildad. El decir «no sé» era frustrante para don Carlos. Explicaba que el pretexto favorito para fugarse de una respuesta es «no sé». Significa evadir la responsabilidad de proporcionar información importante a quien lo requiere. Su desempeño como tal le impedía anularse como informante, ya que la materia de su trabajo era justamente orientar e instruir a los interesados; y evadirse o fugarse apoyándose en la excusa huérfana del «no sé» era aniquilar toda la intención de su profesionalismo. De ahí que cuando no podía dar una respuesta adecuada o relativa explicación, se llevaba de tarea la duda hasta convertirla en parte de su fortaleza, para después aplicarla cuando hubiese la nueva coincidencia de aclarar esa situación.

Don Carlos tenía un genio idealista, algo peculiar. Basaba sus juicios generalmente en la administración de sus conocimientos, pragmático, siempre apoyándose en valores adquiridos por la experiencia vivida y, también, por la lectura conquistada en libros de historia y filosofía clásica. Nunca leyó la *Biblia* porque él argumentaba que toda religión posee sus propias características acerca de sus convicciones y credos, y que por tal motivo no pudo conseguir una que fuese realmente la original. Decía que este libro tan notable había sido tocado por infinidad de instituciones de diversas ideologías, provocando la inscripción de sucesos inventados o falsamente descritos con tal de ganar adeptos, razón por la que siempre la hizo a un lado. Era un individuo severo en su comportamiento ya que asumía que la confiabilidad de una persona está estructurada en dos columnas inalienables, la honestidad y la sinceridad. *"Dime qué tan honesto y sincero eres, y calificaré tu lealtad"*, era una frase que lo guiaba pues decía que sólo así se sabe la clase de persona con la que se está tratando.

Para él era de sobrado interés crearse una imagen diáfana ante los demás. Este esmero lo aplicaba con minucioso escrúpulo en aras del visitante extranjero. Se afanaba en procurarles cuidadosa atención. Todos los detalles los vigilaba de cerca, celosamente. De ahí que fuera considerado por importantísimas agencias de viajes de mucho prestigio como el mejor guía de turistas de aquel entonces, ya que aparte de darse a conocer por sus sobrados conocimientos, ofrecía un trato impecable a los clientes. Y con esa acuciosa conducta, sabía que el resto llegaba solo y por sí mismo, porque sus actitudes hablaban por él, sin necesidad de andar tocando puertas o buscando oportunidades de empleo.

Querer ser

Pero… ¿Quién era don Carlos?, ¿en qué se ocupaba?, ¿cómo vivía? Para él, residir entre la angustia y la zozobra fue el espejo de todas las horas. En gran parte esto se debía al número de hijos que debía sostener. Los compromisos de su manutención eran gigantescos. La intranquilidad, el nerviosismo y el desasosiego reinaban en el espacio de sus pensamientos. Sin embargo, a pesar de subsistir constantemente con esta carga emocional, pocas veces fue intransigente. Era tolerante en el manejo de sus problemas. Tenía el don de la paciencia. Difícil adivinar cuál era su estrategia para conservar la verticalidad en sus actitudes y decisiones. Aun así, podía ofrecer una sonrisa amigable a quien lo tratara.

Conviviendo a diario con siete hijos en un departamento de noventa metros cuadrados representaba demasiada carga a su haber, ya que lo empujaban a instantes inaplazables para traer el pan de cada día, sin fallar. Sin importar en qué estado de salud estuviese, él debía cumplir. De hecho, lo hacía bien. Además de que era un hombre con la fortuna de poseer una salud inquebrantable. Es decir, muy pocas veces alternó sus malos ratos con la camilla, nunca estuvo, hasta hoy, en estado lamentable. La salud fue muy generosa con don Carlos. El hambre de sus hijos fue el acicate para mantenerse siempre activo y actual. La glosa de su tiempo apremió la razón de los suyos, de manera que si alguna vez sintió punzadas corporales en sus miembros, el afán por cumplirle a su familia desdoblaba la congoja.

Ya tenía varios lustros de alquilar el mismo departamento. Tanto lo quería, que lo consideraba de su propiedad. Don Carlos amaba su vivienda con celo romántico y piadoso. Pero los años pasan, y a medida que fue pasando el tiempo la familia se multiplicó, incrementándose las dificultades de espacio en el interior de la morada. Así que acondicionarlo dio paso a consideraciones especiales, equipándolo de manera distinta a cualquier departamento que alberga una familia menos numerosa. Se hizo de literas metálicas, cuya eficacia se constató con la edad de los hijos. También de colchonetas, que luego servían a la perfección para aderezarlas sobre el piso, permitiéndole el sueño a alguien más. Al fin y al cabo, el suelo era de madera que se extendía a lo largo de las recámaras formando rectángulos uniformes y pequeños. Más ruidosa con el tiempo, resistió los pasos de la copiosa herencia. Para los muchachos esto significaba una trampa porque su padre podía oírlos perfectamente cuando iniciaban sus incursiones hacia el baño. En la noche, ya sin ruido exterior, cualquier zumbido de una mosca se escuchaba, incluyendo la caída nocturna del chisguete urinario dirigido a la taza del excusado. Como un experto urólogo, don Carlos sabía quién estaba orinando. Y es que percibía el chorro tan nítido en la noche, como el ladrido de un perro en el zaguán del edificio. Oyendo caer el manantial sobre la taza, poniendo atención en la cantidad y fuerza con que caía, don Carlos sabía perfectamente quién de sus hijos estaba vaciando su riñón, De este modo los padres llegaron a conocer escrupulosamente, con severa precisión, cuál de sus hijos estaba en el baño.

En otro orden de ideas, era cierto, había escasez en el vestido para todos sus integrantes, incluso se prestaban entre hermanos camisas o pantalones, cuando el compromiso de alguno de ellos era insalvable. Eso sí, nunca faltó comida. Los sagrados alimentos siempre fueron bendecidos en la mesa de los suyos. La salvación a sus quebrantos. El padre cumplió a cabalidad este requisito, por ello los platos se servían ordenadamente y a la hora oportuna.

Las mañanas domingueras eran adornadas por la presencia del padre quien, sentado a la cabecera, oraba religiosamente a Dios, para darle gracias por los pecados absueltos en la semana, agradeciendo haber mantenido en paz y entera a su familia. Delante de todos y en voz alta ejecutaba esta acción. Con todo el propósito de que los hijos recogieran el ejemplo y lo conservaran como práctica en sus días que les tocaba por vivir. Él pregonaba con el estómago lleno que el cerebro se libera cuando no piensa en el hambre. Puede entonces estar facultado para desarrollar ideas y pensamientos naturalmente humanos. Aprovechaba este desayuno semanal para arengar a sus vástagos, darles consejos, preguntarles sobre sus estudios, y al mismo tiempo, permitía que los hijos dieran rienda suelta a sus desvaríos juveniles sobre deportes, lecturas y dudas acerca del sexo, aparte de sus amistades o de su conducta con las demás personas.

Eran hijos tremendamente broncos. Gracias a ellos don Carlos ganó fama en el vecindario, porque las quejas sobre su comportamiento se las daban en persona. Cuando él llegaba a casa, ya sea por la noche o por las mañanas, los vecinos quejosos o maltratados por uno de sus hijos, lo esperaban para hacerle partícipe de las travesuras de sus escuincles. Claro, las reprimendas eran sonoras y los castigos bien cumplidos. De eso también se encargaba personalmente don Carlos.

El vecindario le dio su lugar. Se ganó apelativos de a gratis. Todo por sus hijos, por su manera de vivir, o por su distinguido porte al caminar. Como siempre andaba bien vestido, con saco y corbata, era objeto de miradas galantes. Con el tiempo se enteró de que le apodaban "El Jefe Cejas", y es que las tenía muy pobladas. Su rostro acusaba ojeras muy marcadas, frente amplia, labios medio gruesos, pero ligeramente morados. Era un hombre que caminaba derechito, engallado, con los hombros hacia atrás, resaltando que era bien parecido y de buena estatura.

Por cierto, guardaba un paradigma en relación con la vestimenta de sus hijos que lo afloraba a cada rato. Decía que vestir bien y elegante no era prioridad. Siempre en su escala de valores, la alimentación ocupó el primer nivel. «Bien comido y bien dormido desarrollas el cien en cualquier trabajo», decía. Así que, por el lado de las ropas y el calzado, las necesidades de sus hijos eran precariamente atendidas. Era un hábito traer los cuellos de las camisas deshilachados, los puños descosidos. Tal vez hasta sin botones. Un asunto que sus hijos siendo chiquillos no tomaron en cuenta, pero al cumplir cierta edad y ser maltratados verbalmente por sus compañeros de escuela, empezaron a demandar el mejoramiento de su apariencia. Era visible en los varones, las rodillas pelonas en los pantalones de mezclilla. Éstos no resistían el castigo del usuario, jugando a las canicas, al trompo, pateando la pelota, jugando a la roña, a los encantados y también arrastrándose por el piso. Jugueteo que se conjugaba para degradar el aguante y la resistencia de los pantalones, por lo que los parches atrás o delante de los mismos adornaban grotescamente su color. Ahora bien, en el atavío de las niñas las mangas y los cuellos volteados acusaban la huella del excesivo uso del detergente. Y su ropa interior, no se diga, los remiendos estaban a la orden del día.

En cambio, la vestimenta y presentación de don Carlos sí era diferente. Tenía que serlo. Aunque no portaba nada descosido, algunas veces traía parches en los pantalones con aparente zurcido invisible, pero que sí denotaba el hoyuelo tapado. Las camisas con cuello y puño volteado, perfectamente lavadas, con el mejor blanco obtenido por las manos de su acuciosa señora. Cotidianamente pulcro al presentarse a trabajar. Con una corbata impecable, adquirida de oferta en el mercado popular de la colonia. Consciente del uso de su uniforme diario. La presentación intachable de sus ropas, aun desgastadas pero tratadas con esmero y buen tono, proyectaban cierta elegancia y distinción entre los demás. Ésta misma necesidad no era imperiosa para sus hijos, según él. No existía en su idiosincrasia el afán de verlos bien vestidos, no importando la crítica de los vecinos y familiares. Le importaba un cacahuate la opinión del vecindario. Sabía de antemano que sus chamacos iban a agradecerlo cuando alcanzaran la mediana edad. Lo verdaderamente relevante, lo esencial, era que la mesa en el comedor en cada tarde estuviera provista de la sopa de pasta, un plato adicional de arroz, el guisado y sus frijolitos para terminar. Como dicen: *"Panza llena corazón contento"*.

En contraste con otros chiquillos de la colonia, sus vástagos estaban fuertes, fornidos, sanos, gracias a la procuración alimenticia. Aunque anduvieran mal vestidos. Además, sus infantes siempre andaban ocupados en los deportes que practicaban. En ese aspecto no tenía reclamo. Mientras unos eran avezados en la natación, llegando a participar en competencias regionales importantes, otros se apasionaron por el básquetbol y dos de ellos por el fútbol.

El asunto no paró allí, pues algunos compañeros de trabajo, bromistas, llegaron a decirle que tenía tantos hijos, que bien podría casi completar al número de integrantes de un equipo de béisbol. La verdad es que uno de ellos sí participó en la selección regional de waterpolo, haciendo muy buen papel en las finales del campeonato. Otro de sus muchachos trabajó como salvavidas, en un balneario del otro lado de la ciudad, y uno más se distinguió por meter muy bien los puños, aunque nunca quiso inscribirse a una escuela de boxeo profesional, hubiera sido un buen candidato dentro de un cuadrilátero, porque era un buenazo para meter los golpes en la calle.

⌘⌘⌘⌘

Dentro de su papel como padre, acostumbraba pegar recados o breves mensajes en el espejo del baño. La idea era que sus hijos memorizaran la leyenda del día. Eran aforismos o refranes que encontraba en algún libro, tales como, *"Para que te conserves bien, aprovecha el desayuno por la mañana, es indispensable, no lo cambies por una Coca-Cola o un cigarro"*. O quizás algo como, *"El éxito no se fabrica en un día. Se hace a base de disciplina, todos los días"*. Estas máximas en el baño se volvieron habituales. Los adolescentes miembros de la familia la tomaron como usanza paternal. Y en cuanto a las jóvenes mujeres de la casa, la madre era quien dirigía los quehaceres en el orden femenino. Dos hijas, siempre abanderadas por la madre, cuya sapiencia manejaba adecuadamente el encargo de las tareas cotidianas, dando el debido seguimiento a familia tan numerosa.

Eso sí, la familia nunca sorprendió borracho a su padre. Don Carlos siempre le tuvo pánico al juicio de sus hijos. Contadas ocasiones se llevaba un cigarrillo a la boca, cuando tenía deseos de tomarse un trago prefería hacerlo en casa con su mujer a lado, escuchando música ranchera o sones tamaulipecos que le encantaban. A paso veloz entraba al compás de las canciones, sin dificultad alguna tarareaba o imitaba la letra como cualquier mexicano al que le gusta sentirse emocionado por los mariachis, la marimba o las trompetas, cuando sus notas llegan directo a la profundidad del corazón. No era adicto a la televisión; de hecho, la despreciaba. La caja polícroma idiota, así la nombraba. La veía esporádicamente, controlada y dosificada, que así culturiza, decía;

pero en exceso y sin un motivo programático embrutece y enajena. Argumentaba que siempre es necesario mantenerse con una opinión muy propia acerca del entorno en que uno vive, aunque el periódico, los medios escritos y las estaciones de radio proporcionan más objetividad que la misma televisión, fundamentalmente cuando de ésta se recibe tanta influencia que pudiera ser hasta dañina. Razón principal por la que su estante en la recámara lucía con libros leídos con anterioridad que le gustaba conservar.

Nunca fue una de sus predilecciones hacer visitas a la iglesia. No era su costumbre. Consideraba a los templos religiosos como centros de historia católica, manifestaciones de arte escultural y arquitectónico. Admiraba el orden clásico de sus construcciones según la tipología de su estructura. De este modo, en el placer de la contemplación de los edificios, encontraba explicaciones satisfactorias y amplias demostraciones de arte. Por ejemplo, le encantaba el atrio que antecede a la iglesia de Santo Domingo en las hermosas calles del centro citadino de Oaxaca. Entrando don Carlos disfrutaba de los retablos que se revisten de oro y donde el Papa Juan Pablo II ofició una misa al mundo entero. Acudía muy esporádicamente al templo. No era de su agrado someterse al augusto protocolo eclesiástico. Cuando le nacía hacerlo, entonces su presencia arrodillada en los tablones de alguna banca mostraba devoción y respeto al recinto religioso. Creyente en Cristo desde que sus padres le mostraron el camino de las escrituras, a favor de la *Biblia* y sus preceptos, pero sin sujetarse a la férrea concepción de la vida según Jehová. Como tampoco fehaciente fanático al darwinismo. Se decía a sí mismo, *"Yo, nacido del mono, nunca"*.

Lo que en verdad le excitaba era la lectura. Devoraba los libros como si de ellos recogiera alimento para mantenerse vivo y en paz. Lector hedonista en su máxima expresión. Gozaba de la novela mexicana, del ensayo sobre el México antiguo y la conquista española. Los consumía con fervor, aprendiendo de sus páginas con intensa dedicación y celo. Se regocijaba cuando sus manos sostenían un libro. Se acomodaba en cualquier sitio para leer. La frecuencia de los tiempos muertos, que luego se daban caprichosamente en su trabajo, eran ingeniosamente aprovechados por él, para por lo menos echarle un vistazo al ejemplar que llevara esos días por debajo del brazo.

Era característico su modo de asimilar la lectura, subrayaba palabras o expresiones a diestra y siniestra, escribía notas en los vacíos que existen en las hojas impresas, anotaba pensamientos, significados que horadaban sus dudas. Lo hizo siempre. Simulaba ser Julio Cortázar, quien acostumbraba hacer de sus libros un cuaderno de trabajo, con tantos apuntes con que los llenaba. Por ende, al recorrer su librero y hojear cualquiera de sus viejos ejemplares ya leídos y que se revestían de apuntes, llegando a casa y con tiempo disponible, los releía.

Los libros que preferentemente conservaba eran ejemplares de historia o biografías de personajes universales que dejaron huella en el mundo. Aunque la predilección por la historia de México mostraba una generosa cantidad en la estantería. Tenía de todo un poco. Novela, ensayo, política; siendo importante señalar que pudo haberlos comprado en inglés o en español. En este caso no ejercía un riguroso respeto por el idioma, lo que ocurría era que sus libros los adquiría donde anduviera, y como muchos viajes los hacía al interior de los Estados Unidos o Inglaterra, se le hacía fácil adquirirlos allí. Era dueño de una biblioteca discreta, de diversas publicaciones con autores europeos, americanos y mexicanos, con narraciones y crónicas buscadas intencionalmente por él, arguyendo que dicha información le servía para mejorar sus conocimientos para luego utilizar en su trabajo con los grupos de turismo que habitualmente recibía. Este tipo de lectura ocupaba gran parte de su atesorado secreto para hacer frente a las peripecias de su labor como guía, razón por la que vigilaba su librero con recelo, evitando que desapareciera misteriosamente algún ejemplar. Esto, porque los hijos, en su urgente necesidad de obtener dinero, podrían revenderlos en cualquier establecimiento que se dedicara a comprar libros usados. Entonces se hizo necesario ponerles llave a las puertas corredizas, protegiendo intencionalmente aquellos libros que tenían mayor valor literario o sentimental, en función de su antigüedad y contenido.

El hábito a la lectura le facilitó abrirse paso para desenvolverse en cualquier ámbito. No solo en su trabajo y con sus amistades. También incluía la pericia en las conversaciones que sostenía con sus hijos, repitiendo desde su memoria algunos consejos provenientes de un pensador o científico universal, un guerrero, o un estratega militar famoso que, bien grabados, profería con sorprendente elocuencia. Esto, para darle énfasis y poder a su palabra, cuando se trataba de convencer al prójimo familiar. Era una forma de acceder a las exhortaciones y amonestaciones que deseaba señalar en su oportunidad. Una vez hecho lo anterior, lo publicaba en forma sucinta en el espejo del baño, para conocimiento de todos. Era la manera de reafirmar sus reflexiones y dejarlas plasmadas en la mente de sus hijos como ayuda para orientarlos y aleccionarlos a fin de resolver sus conflictos personales.

También se apoyó en los beneficios de la lectura para recoger anécdotas o sucesos que lo ayudaran a ser una mejor persona. Buscaba aprender lo suficiente para ser constante y resistente a los problemas de la vida. *"La lectura forma y transforma cuando es bien habida y entendida. Leer es vivir aprendiendo",* se repetía. Analizaba actos determinados de algunos protagonistas de biografías interesantes. Entonces, las adaptaba a su entorno, para dar solución a los conflictos que repentinamente aparecían en escena.

Practicaba un credo ideológico, sujetándose a la doctrina de la (PCP) Perseverancia, Constancia y Persistencia; elementos decisivos para conducirse en un único canal de rectitud a partir de cierta edad. Era el modo de combatir la falta de estudios académicos y nula preparación universitaria. La adecuada aplicación de estas devotas actitudes le dieron capacidad de juicio y moderación. Seguir la huella de un personaje o héroe, adaptarla a su modo de ver las cosas, le ayudaban a resolver sus problemas y quedarse en el camino de sus propósitos. Incluso proyectos que implicaban el destino de su propia familia. Precisamente por eso, los libros tenían un interés muy importante para don Carlos. Era su canal preferido para establecer parámetros y explicaciones justificables a fin de enjuiciar y criticar sus procedimientos anteriores o inmediatos. En la práctica de esos hábitos compartía con sus hijos toda una defensa para que ellos no se vieran en la penumbra y el vacío en que él se vio cuando era joven.

La inclinación hacia el estudio de la historia le permitió pulir las actividades relacionadas con su profesión. Tener el control de la información y saber manejarla adecuadamente era indispensable. Obvio que también la utilizaba para dirigir a sus grupos turísticos. Ostentaba ser un mexicano virtuoso en ese renglón. Mostraba ejemplos de viejas culturas, lenguajes y dialectos utilizados en el pasado entre los pueblos indígenas; hábitos, costumbres y detalles del arte manual practicado entonces. Lo hacía con exquisita parsimonia para ganarse el favor de los oyentes. Insertaba en sus disertaciones aspectos de arquitectura prehispánica, datos, fechas y sucesos que glosaba con extrema claridad, casi siempre relacionados con la conquista de la Nueva España y lo que de ella sobrevino hasta ahora.

Le fascinaba hablar de la Ciudad de México porque tenía infinidad de tópicos en que ocupar sus breviarios. Hablaba de la Ciudad Universitaria, el centro educativo de estudios superiores más importante y grande del país, conocido por todos los mexicanos como la UNAM, la máxima casa de estudios. De los murales que los edificios ostentan de afamados pintores mexicanos como Diego Rivera y Juan O'Gorman, presumiéndolos como si fueran un trozo de su propia existencia. Se refería singularmente a la Plaza de las Tres Culturas porque ahí convergen tres épocas distintas: la precolombina, la colonial y la moderna. Una tripartita maravilla llamada Tlatelolco que primeramente fue ocupada por aztecas disidentes en aquellos tiempos en que este sitio era una pequeña isla alejada de la gran Tenochtitlan. Tlatelolco, ciudad cónclave, en cuyos mercados se reunían pobladores de decenas de pueblos a la redonda, y en el que hoy se levantan enormes edificios de gran envergadura y de histórica antigüedad.

Justo aquí se construye en el tiempo de la colonia una iglesia, como una rúbrica innata del dominio costoso de los españoles. Al frente de esta plaza se yergue la torre de la Secretaría de Relaciones Exteriores, edificio simétrico cuya modernidad muestra las razones obvias por las que esta plaza es llamada "de las Tres Culturas".

Una vez dibujado este sitio por sus palabras, se dirigía hacia el Polyforum Cultural Siqueiros, situada justo al sur de la avenida de los Insurgentes, para admirar la obra de otro gran pintor mexicano cuya máxima expresión se intensifica en el mural gigantesco llamado La Marcha de la Humanidad. *"Déjame tocarte para sentir tu pasión"*, decía don Carlos cuando se acercaba al mural de don Alfaro refiriendo en tono poético, *"porque verte no me basta para admirar tu talento, orgullo de mi orgullo mexicano, sabia virtud en el manejo de las manos y aplicación perfecta de quien conoce su oficio"*.

Partiendo de aquí los conducía hacia el Palacio Nacional, llegando por la enaltecida avenida Juárez, edificio sede del Poder Ejecutivo y, antes, planicie ocupada por el antiguo Palacio de Moctezuma. Rey de reyes en el imperio azteca, cuya imagen se levanta junto a Cuitláhuac y Cuauhtémoc en las páginas de todos los libros de historia mexicana. Palacio que ha sido llamado Nacional, construido con arte español sobre otro que alguna vez habitó el tlatoani Moctezuma. Residencia que fue ocupada por los virreyes hasta 1813, pretexto útil para hacer una parada relevante aquí y explicar la concepción del Zócalo de la Ciudad de México, donde la leyenda se transcribe, cierta y mística, en el encuentro mítico e histórico de la enorme águila devorando una serpiente sobre un nopal. Hoy, en esta explanada y gigantesco lugar, se levanta también el perfil barroco de la Catedral Metropolitana, el templo católico más grande de Latinoamérica, construido sobre las ruinas del ceremonioso Teocali de Tenochtitlan.

«Hoy en día», decía don Carlos, «esta famosísima catedral es protegida por una barda metálica que dibuja su contorno, en donde carpinteros, plomeros, electricistas, pintores y albañiles, hacen fila para ser contratados y ocupados por un necesitado cliente, formando parte natural y costumbrista del paisaje abierto de un atrio atrapado por celosía de color verde pardo».

A un lado del templo mayor y a un costado de la catedral, durante algunas noches se practican usualmente danzas rituales entre jóvenes que aman su origen y conservan las tradiciones autóctonas. Danzan en una comunión que no tiene escritos ni acuerdos reglamentados. Es simplemente la conjunción de lo deseado, sin palabras, de lo que se quiere conservar y no perder. *"Yo soy indio mexicano, ¿y qué?"*. Noches en que los jóvenes rebeldes suenan sus tambores y mueven sus huaraches con agilidad asombrosa, embarrando sus sonidos en las paredes gachupinas, manteniendo al alba al México moderno. Recordándole de dónde proviene y cuál es su cuna: *"Resucítame pasado glorioso. Acuérdame que vengo del huipil, de la tortilla y el taquito, del pulque, del nopal. Que mi abuelo fue aborigen y su primera lengua el náhuatl"*.

Estas concepciones verdaderamente románticas de su mexicanismo arraigado le habían llevado a leer autores como Vasconcelos, Riva Palacio, al cronista español Bernal Díaz del Castillo, quien acompañó a Hernán Cortes en la conquista de la Nueva España. Buscaba a su vez en páginas del autor Jacques Soustelle y otros especialistas el tema inacabable sobre el origen azteca. Consultaba con periodicidad enciclopedias sobre la guerra de la independencia, Juárez y la reforma, la revolución de Madero, hasta culminar con el General Plutarco Elías Calles. Sin duda, don Carlos era un magnífico historiador autodidacta.

El amor a México, a la lectura y a su trabajo le redituaba dividendos que aprovechaba con talento. Pronto, algunas empresas en el ramo del turismo lo detectaron, contratando sus servicios profesionales para manejar grupos de turismo europeo. Buscando un guía de turistas políglota que no tuviera la barrera del idioma. Empezando por los italianos, luego los franceses. Como siempre, don Carlos se sobreponía a los acontecimientos rápidamente. Compró discos en italiano de Nicola di Bari y de otros cantautores. Frecuentó a un amigo que había vivido varios años en Milán y éste le prestó una enciclopedia, que bebió durante algunas noches que pasó en vela. Además, optó por aprender el francés comprando discos, libros, folletos, yendo a ver películas francesas subtituladas que proyectaban en alguna sala de cine del país. Les solicitaba a los turistas franceses que le dejaran literatura en su idioma. Compró el diccionario correspondiente y todos los días desayunaba escuchando sus discos en francés. Vaya manera de hacerse sentir indispensable en su trabajo. Dos o tres viajes que realizó a Europa, visitando Italia y Francia, para recoger él mismo a los grupos, le bastaron para manejar con alguna familiaridad estos pelotones turísticos que cada vez venían con mayor frecuencia a México.

Estando en México y en el idioma que fuese —español, inglés, italiano o francés— los trasladaba a lugares tan importantes como las pirámides de Teotihuacán, mostrándoles las portentosas piedras labradas del Sol y la Luna. Monumentos prehispánicos que datan hasta doscientos años antes de la era común, sumándose al espectáculo de luz y sonido que se ofrece al público al caer la tarde. Una versión hermosa y poética del ayer en manos de las técnicas de hoy, en que las pirámides son revestidas de colores maravillosos en esa mágica interposición de la noche y el día, del rayo y la oscuridad, que hace al espectador viajar en su imaginación hasta el misticismo de los dioses de la lluvia, de la guerra, de la tierra y de la vida, en un recorrido inolvidable.

Don Carlos sabía perfectamente que al extranjero le encanta saber de las usanzas del país que visita, por lo que le gustaba llevarlos a Xochimilco. Ya sea tomando el periférico o siguiendo la recta preferida de calzada de Tlalpan. El lugar tiene cierto encanto para quien acude por primera vez. Se ha dado a conocer en el mundo como "Los jardines flotantes". Dibujada en el mantel de los mexicanos, suspendida en algún lugar del paisaje urbano, pero de especial concepción. Donde cantan los mariachis uniéndose con las trompetas y guitarras, entonando alegres sones y tradicionales canciones campiranas, montados en chinampas multicolores recorriendo los canales pantanosos entre bellos paisajes naturales. La efervescencia, calor y excitación son sentimientos que afloran cuando Xochimilco cubre toda la memoria folclórica de los sábados y domingos. Derrame de los sonidos de guitarrones y violines remando sobre canales vistosos, y la experiencia nunca olvidada de escuchar una marimba, con su clásica voz de madera entonando una sandunga o el querreque. Hermosa experiencia para quien sabe vivirla intensamente. *"Tómame México de mis amores, hazme tuyo porque tu cultura me hace a los ojos del mundo".*

Las muestras de dedicación y amor hacia los estilos, usanzas y tradiciones mexicanas, en labios de don Carlos, eran la seducción hecha palabra para el turista. Poeta al fin de sus propios sentimientos, que afloran justo en el instante en que el turista depende de él y sus corazonadas, en ese diálogo a través del cual los oyentes, con extrema parsimonia, se dejan seducir como encantados por la voluntad de quien los conduce.

Y hablando de estas cosas, cuando estaba en El Palacio de las Bellas Artes, señalaba que el edificio está alzado por una hermosa fachada de mármol de Carrara y que fue en tiempos de don Porfirio Díaz que se mandó construir con materiales que en su mayoría fueron de importación. Dentro de este museo se llevan a cabo los mejores eventos del folclore mexicano, presentándose artistas de renombre internacional y que ocasionalmente engalanan los presidentes de la República. Un lugar que tiene luz propia, un libro lleno de historia, que guarda, como los archivos, un cúmulo de acontecimientos inacabables.

Además de lo anterior, les hacía poner atención en la estructura total de la construcción, decía: «Si lo miran por fuera, serán testigos del hundimiento notable que presenta el edificio, que poco a poco y con el paso de los años se ha venido gestando en la superficie del terreno donde fue levantado. Sin embargo, no demerita su fastuosa construcción, que se yergue con ese blanco marmolado castigado por el tiempo. Al igual, cuenta con obras pictóricas de José Clemente Orozco, conocido como el Pintor de la Revolución, cuyos cuadros han dado la vuelta al mundo. Del famosísimo Diego Rivera y su enigmática compañera Frida Kahlo; también de David Alfaro Siqueiros y Rufino Tamayo, que adornan señorialmente los murales de sus paredes trascendentales».

Así mismo y con elocuente presunción se dejaba ir por el paseo de la Reforma, llamado en su nacimiento "Paseo de los Emperadores", en alusión a Maximiliano y Carlota. La vista de esta grandísima avenida da una sensación de elegancia citadina, en una arteria en donde los vehículos no dejan de pasar. Al seguir caminando, don Carlos lo hacía con toda intención, subrayando el dorado Ángel de la Independencia, monumento erigido para conmemorar los actos heroicos de los insurgentes en el año de 1810. Figura alada que se impone por arriba de la mirada. Testigo de innumerables manifestaciones de diversa envergadura que, si hablara, se quejaría de todo aquel quien lo usa para particularizar sus reclamaciones.

Siguiendo el camino por la bella y restaurada Reforma, don Carlos encontraba la Diana Cazadora. Después, el monumento a los Niños Héroes y finalizaba su exposición con la inigualable

Fuente de Petróleos en aquella convergencia vial en donde la modernidad de sus avenidas se dibuja en caprichos serpentineros.

⌘⌘⌘⌘

La forma de trabajar de las agencias mexicanas de turismo se basaba en la contratación de grandes grupos de viajeros internacionales, trasladados al país bajo estudiada planeación y minuciosa organización, coordinada por importantes firmas hoteleras de reconocimiento mundial. Su objetivo empresarial se sustentaba en ser intermediarias de los servicios entre el paseante interesado y las compañías de transporte nacional. Además de mantener buenas relaciones con cadenas de restaurantes, tiendas comerciales y de logística corporativa. Esencialmente preparaban viajes especiales de atractivo general, incluyendo sitios culturales, con el objeto de mostrar al turista todas las riquezas del país.

A don Carlos le asignaban importantes grupos con gente de distinta procedencia. Estadounidenses, canadienses, ingleses, franceses y, con cierta regularidad, italianos. El radio de acción de sus viajes en el país se localizaba entre el área maya y la zona del bajío, debido a que las agencias de turismo internacional tenían ya un diseño de sitios específicos y/o lugares turísticamente interesantes. Obvio, la especificidad de estos viajes se enfatizaba previo a la firma de aceptación del convenio al viajero. También le hacían saber los detalles y pormenores del trayecto antes de comprometerse con la excursión planeada. De manera que conociendo las particularidades de todo el proyecto turístico se planeaba su recorrido con esmero. Primero llegaban a la península de Yucatán, donde refería a la inigualable Mérida, conocida como la Ciudad Blanca con su soleada Plaza de la Independencia, su mercado que contiene cientos de artesanías de filigrana en plata y oro, además de bolsas, tapetes y sombreros de fibra de henequén. No se le escapaba mencionar la Casa de Francisco de Montejo, el adelantado, conquistador español quien llegó de la avecindada Guatemala, para hacer conexión con las diversas poblaciones aledañas al mar Caribe. Por cierto, les argumentaba con lujo de detalles que la Casa de Montejo, fue la primera casa española construida en la República Mexicana. Era importante subrayarlo.

Partiendo de allí, se dirigían a las ruinas de Chichen Itzá. Habría que desplazarse primero a Cancún para después dirigirse por carretera hasta las ruinas de Chichen y admirar los sorprendentes vestigios de una cultura cuyas maravillas arqueológicas dejaban al viajero con los ojos abiertos y así palpar de cerca las enigmáticas simbologías que este mundo antiguo representa en el presente. Estar en el Observatorio Astronómico Circular, la Casa de las Mil Columnas, el Templo de los Guerreros, el Cenote Sagrado, en cuyo lugar se cuenta que sacrificaban a las jovencitas vírgenes como ofrenda para los dioses, «sin duda, un gran desperdicio», decía don Carlos cada vez que le tocaba repetir su perorata.

Dentro de éste hermosísimo sureste mexicano florece el imperio de la raza maya con el notable Uxmal: «La ciudad construida con veinte mil piedras», alguna vez se le oyó decir eso. Ahí mismo los invitaba a visitar la Casa del Gobernador, el Conjunto Arquitectónico de las Monjas y el Templo del Enano. Y cuando subía a lo más alto del Templo del Adivino, de allí les mostraba la selva yucateca y daba una versión muy propia del porqué nació el imperio maya y la grandeza de sus vestigios.

Una vez concluida la excursión en el sitio maya, don Carlos los guiaba hacia los restaurantes del lugar, a probar las delicias de la cocina yucateca y su sazón muy especial. Platillos como la cochinita pibil, el salpicón de venado, el queso relleno, el papadzul, los sabrosísimos panuchos y los licores almendrados de la región. En fin, la vieja e ilustre Mérida era una verdadera enciclopedia a mostrar, pero siempre cumplía don Carlos con los gustos y aficiones de sus invitados a fin de complacerles hasta sus insólitos caprichos en la medida de sus posibilidades.

Otro punto cercano en el mapa, pero lejano en carretera, era el Estado de Oaxaca. Sus viajes a este lugar eran eminentemente arqueológicos. De cultura extrema, al tocar la historia de civilizaciones que caracterizaron una época. En Oaxaca, lugar sitiado por montañas, profundizaba sobre el pasado de los zapotecos y mixtecos. Al tocar con su palabra la Ciudad de los Muertos y referirse a Mitla, otrora centro ceremonial, casi temblaba su voz cuando exponía cada una de las columnas del arte zapoteca. De aquí a Montalbán, a sólo diez kilómetros de distancia del centro de Oaxaca, forzando la camioneta para subir a la cúspide y mostrar las imponentes pirámides, las estelas con inscripciones en glifos a relieve y sus monolitos conmemorativos en posición vertical, testimonios de tan interesante cultura.

El Árbol del Tule, muestra perfecta de la naturaleza y su grandeza, árbol milenario a punto de caer, con edad aproximada a los dos mil años y uno de los más corpulentos del mundo con casi quince metros de tronco. A un lado de su sombra se asoma una diminuta iglesia en donde la gente llega a santiguarse todos los domingos religiosamente. No podía desprenderse de Oaxaca sin visitar el famoso Templo de Santo Domingo con su inmenso atrio en pleno corazón de la ciudad. Así era el plan, terminando por visitar la antigua Antequera que tiene magia y encanto.

Por el contrario, sus viajes al bajío eran completamente de otro panorama. Cuando marchaba hacia esas tierras elegía Dolores Hidalgo, municipio memorable por el famoso Grito de la Independencia, que alguna vez el cura Miguel Hidalgo y Costilla protagonizó junto a una bola de indios alborotados. Cerca de allí buscaba la inigualable ciudad de Guanajuato. Su bellísima, vieja arquitectura, con todas sus leyendas, que han viajado por el tiempo entre sus habitantes. La ciudad de las callejuelas estrechas y empedradas, la ciudad del amor, del romántico verso. La ciudad en que don Carlos gozó del amor primero a plenitud con recuerdos pintados, grabados en los callejones, en los rondines de la plaza, en la provincia pura de sus pensamientos, en el ardor adolescente de su primera vez, en aquella cándida entrega y la nerviosa declaración prístina en que su mano tomó la femenina, que en adelante se volvió sabia en el recorrido de su cuerpo. Guanajuato, cuna de los héroes y de la independencia, patria de la poesía mexicana y del callejón del beso, otrora leyenda que no muere al paso de las décadas.

Haciendo un giro en la carretera le urgía llegar a San Miguel Allende, donde el espíritu se queda suspendido por la paz. Sitio que fue predilecto de los españoles acomodados, donde la riqueza se adueñó de quien se ufanaba respirar su aire, las minas de oro y plata hicieron magia en este paraje siendo el lugar preferido de los fuereños. En la actualidad San Miguel es hogar de muchos jubilados, que gozan de su tranquilidad para vivir el resto de sus vidas con un clima inigualable.

Los múltiples viajeros, cientos de turistas, así como los comerciantes y empresarios con quien se codeaba, lo recomendaban para manejar otros muchos grupos, no importándoles que no pertenecieran a la firma con que don Carlos colaboraba. Era difícil dominar el inglés por aquellos años, los cursos del idioma eran muy costosos y no cualquiera se expresaba con tanta facilidad como lo hacía él. Presumía de conocer hábitos y costumbres de la vida de los gringos en suelo norteamericano. No olvidemos que él vivió un poquito más de diez años en Los Ángeles, California. Por ende, conocía el teje y maneje de las gentes en aquel país. De este modo, cada fin de semana su agenda laboral se veía verdaderamente atiborrada, pues los elogios de quienes lo habían tratado buscaban su agradable conducción para prodigarles futuros viajes.

De esta forma alcanzó un gran prestigio por sus aptitudes y destreza en el campo de la conducción, interpretación y dirección en las plazas de turismo nacional. Perfeccionó su francés en forma autodidacta, dedicándole varias horas a la semana, practicándolo como ardiente escolapio en busca de la calificación excelente. A su edad estaba lejos de rendirse. La superación personal había dado a su propio yo la facultad de ser cada vez mejor en sus acciones.

Ahora bien, había ocasiones en que ciertas agencias de turismo le proponían viajes fuera del programa ordinario. Así que, se veía favorecido viajando a Europa en repetidas veces. La afortunada rutina eran países como Portugal, España, Francia, Italia, Inglaterra, Alemania y Suiza. Aunque por la imperiosa necesidad del trabajo y la demanda del mercado, también había visitado Nueva York, Montreal y Hawái. Siempre desempeñándose en plan laboral, nunca en lo familiar.

El experto

Luego llegaba a suceder que las agencias de turismo a las que estaba adscrito no tenían trabajo que ofrecerle, argumentándole que era debido a temporada baja. De hecho, el ramo del turismo en el país, así como en el mundo, representa en gran medida la fuente natural de ingresos de muchas familias y, como en cualquier rubro similar, existen temporadas altas y buenas, pero también tiempo de vacas flacas.

Cuando eso sucedía, recurría entonces a la membresía en el sitio de autos de alquiler que diez años atrás había adquirido. Por derecho tenía un lugar reservado, siendo éste su refugio en última instancia para regular y equilibrar los gastos incesantes de la familia. Para trabajar aquí debía respetar un protocolo laboral. Tenía que formar su vehículo en una fila, a veces breve, y en otras, tan larga como la Gran Muralla China. Desde ahí esperaba su turno hasta que alcanzando el primer lugar lograba hacer subir al turista que le tocaba. Una vez en el asiento, el viajero escogía el lugar a visitar. En el horario nocturno esperaba salida a la cena en un restaurante. Si era temprano por la mañana al desayuno, pero en suerte podría tocarle un viaje corto fuera de la ciudad y, si les caía bien a los paseantes, podrían acaso contratarlo durante varios días. Todo era cuestión de suerte. Se encontró varias veces turistas saliendo del hotel donde laboraba, que por cierto estaba situado en la esquina de Reforma e Insurgentes, con la mira puesta en algún sitio previamente recomendado o leído en alguna revista; y en otras muchas el viajero decidía ser informado por la opinión propia del chofer en turno y así tomar una decisión más acertada en cuanto al destino a escoger.

Aunque la Ciudad de México es tan maravillosa y multifacética que posiblemente se encuentren más allá de mil lugares donde hacerse cita, decía don Carlos que buscando se podía encontrar más de cuatro mil quinientos restaurantes de cocina refinada. Es probablemente donde se encuentra la más rica variedad de cocina internacional, empezando desde la sofisticada y exótica, hasta encontrar la más sencilla. De oriente a occidente o de norte a sur, es México un lugar delicioso para un ambicioso *gourmet,* por lo que sugería irremediablemente una reservación previa.

Y seguía con su incisiva charla cuando alguien buscaba su afanoso consejo. «Si quiere disfrutar de exquisitos platillos internacionales, vaya a la Casa del Lago. O visite la Hacienda de los Morales. Recomendaba también visitar la Zona Rosa, lugar preferido de la juventud, donde hay una magia encantadora que envuelve con música y colores un glamur original marcado por la alegría de la gente. Aquí se encuentra una buena cantidad de restaurantes, bares, cafés de muy buen nivel y salones de espectáculos para pasar la noche de manera grandiosa. Ahora bien, si quiere desayunar, y darse el lujo de hacerlo como rey, entonces vale la pena viajar por carretera y, a apenas a una hora de aquí, encontrará en Cuernavaca una casona hermosa hecha restaurante que todo el mundo conoce como "Las Mañanitas". Y si no quiere poner los pies en carretera, elija bien yendo a comer deliciosos platillos mexicanos al Café Tacuba, o vaya al restaurante Hipocampo, pruebe la Cocina del Arroyo, la del Mesón del Caballo Bayo o las Cazuelas, o si prefiere escoger el Taquito y terminar en La Fonda Santa Anita. Aquí en México hay de todo», decía don Carlos muy ufano.

Cuando alguien requería de algún consejo culinario típicamente mexicano, don Carlos era buscado por todas partes, ya que, apoyado por su inobjetable seguridad y amplio conocimiento, hacía la sugerencia perfecta y el interlocutor se retiraba en franca complacencia. Solía responder con prontitud en estos casos. «Hombre, ¡cómo no! Llévalo a comer un cabrito asado con salsa mexicana, que pida guacamole acompañado con nopalitos encebollados, pero antes, sugiérele que se meta a la panza algo calientito, como un caldo de carnero con sus menudencias, para que entre en calor. Y para que abra el apetito al fragor de la batalla, pídele un tequila reposado con un chupete de limón, y ya verás que pronto agarra tono y los sabores le devuelven la sonrisa. Para rematar, dile que le sirvan frijolitos en su caldo, en cazuelita de barro, y súmale unas tortillas bien pasadas por la lumbre para sopear el plato. Adórnale el final escogiéndole su postre, sugiérele arroz con leche o natilla, puede ser que le gusten los chongos zamoranos o las glorias de Linares, y al final el cliente te agradecerá bondadoso el haber saboreado gustosamente la comida mexicana».

⌘⌘⌘⌘

Corría el año de 1975 y don Carlos, además de ser un experto en cuestiones gastronómicas y ser un magnífico guía de turistas, trabajaba en el Hotel Continental Hilton. Presumía de conocer bien el resto de hoteles importantes en la capital del país. Frente a la alameda central, en pleno corazón de la ciudad, donde corre la avenida Juárez, se ubicaba el Hotel Alameda, y al lado de éste, el Hotel Bamer y el Regis sobre la misma calzada, cuyo fondo se enmarcaba con el imponente monumento a la Revolución cruzando la vieja glorieta del Caballito. Justo contra esquina del edificio de la Lotería Nacional. Dando vuelta sobre paseo de la Reforma se distinguía el Hotel del Paseo y una calle más adelante se erguía el Hotel Reforma, uno de los primeros hoteles de México, cuya historia se remonta a los añejos tiempos de don Porfirio Díaz. Alguna vez recomendó el Hotel Presidente, el cual se levantaba majestuoso en la Zona Rosa. El Gran Hotel Ciudad de México, cuya cercanía al Zócalo lo afamaba, además de haber albergado aquí a grandísimas personalidades en tiempos de principio del siglo veinte. El Camino Real, Hotel Del Prado, Arístos, El Diplomático, junto al súper visitado Parque Hundido, aquel enorme parque que, si hablaran sus verdes prados y sus bancas, dirían tantas cosas acerca de cientos de enamorados, de parejas que se convirtieron en matrimonio y de amantes que destruyeron el uno al otro. Testigo de verdades y mentiras, del paso del tiempo en sus calles aledañas, de la avenida Insurgentes y sus contadas mutaciones, hermoso jardín que aparece hundido sobre la superficie de las vecinas arterias viales mostrando arrogante sus verdes naturales y cafés arbolados en la selva de sus adentros. Testigo mudo de innumerables acontecimientos, de las promesas, de los juicios y los temores, de lágrimas vertidas por alegrías o dolor. Tantos domingos visitados por chiquillos que en su diestra inexperta sostienen el globo rosado y tocado por los ojos del sol. El paletero que vende presuroso las de limón o tamarindo, aunque sean de agua no potable, pero que su sabrosa frescura salva al mediodía. Y así se aprecian charlas y coloquios familiares que se hacen viejas confidencias y se archivan en el tiempo de este parque. «Siéntate vieja a la sombra de este arbolito y saca el taco porque de hambre me andan tronando las tripas, ya me cansé de cargar al chiquillo que caprichoso no para de llorar, pero ya saboreo el arroz con la milanesa al lado acompañada de mi barrilito de grosella. Anda vieja, que se hace tarde, tiende el mantel sobre el jardín y amontona sobre aquel la pila de tortillas, que el domingo se esfuma muy rápido».

Obviamente este parque también tiene vida por las mañanas; como todas las placitas verdes representan un gran pulmón para las grandes urbes y los deportistas lo aprovechan al máximo. Temprano hacen su aparición los aficionados al deporte, desplazándose veloces sobre los corredores y pasillos, unos haciendo ejercicio a manos libres mientras que otros realizan prácticas de respiración y abdominales para bajar la barriga, los más trotando en los alrededores. Nada como ver el sol en la mañana con el sudor en la frente. Unos corren, otros saltan, otros cruzan el parque para llegar a la oficina o para alcanzar el camión. Así es el Parque Hundido y nadie sabe tampoco cuánta gente habrá hundido aquí sus más preciados secretos.

El trabajo de don Carlos le había permitido desarrollar una extrema habilidad para manejarse dentro de la ruidosa Ciudad de México. Bien dicen, *"zapatero a tus zapatos"*, y en estos menesteres se sentía como pez en el agua. Es decir, conocía lugares, rincones, sitios y espectáculos de toda clase, incluso hasta en esferas consideradas clandestinas. Recordaba todavía un suceso un tanto chusco que inició estando a la espera de un cliente en la entrada del Hotel Hilton, donde hacía fila como de costumbre. Estaba en primer lugar, serían como las nueve de la noche, en eso tuvo la suerte de atender a una pareja de extranjeros de avanzada edad que deseaba ir a un lugar nada común, diríamos muy especial, pero de verdad especial. «Sabe señor», comenzó diciendo el hombre, «llévenos a cenar a un lugar que usted contemple adecuado para celebrar cuarenta años de matrimonio». «Por supuesto que sí», respondió don Carlos efusivamente, al tiempo que manifestaba sus parabienes a la pareja de longevos. «Conozco un lugar perfecto e idóneo para que ustedes la pasen de lo mejor, yo diría espléndidamente», subrayó. Dirigió entonces su auto al sitio mencionado y, estando allí, lo invitaron a convivir en la misma mesa. Platicaron de sus peripecias en el pasado, revivieron anécdotas, recordaron fechas y detalles románticos, repasaron su noviazgo, la llegada de sus primeros hijos... en fin, la velada se hizo coloquial y soñadora. Fue una charla amena y dulce. Sin embargo, don Carlos se percató de que los consortes deseaban algo más que un brindis ordinario por la forma en que ellos se comportaban, tan cariñosamente. Sujetándose de las manos, besándose con excesiva continuidad en el rostro y manifestándose piropos sin importarles llegar a la cursilería. Un comportamiento un tanto extraño en dos personas cuya edad rondaba un poquito más allá de los sesenta, ya que, según su experiencia de guía, estas personas no son muy cariñosas ante el público. Y aunque los tequilas se resbalaban suave y despacito, pensó que era responsabilidad intrínseca del vino la conducta que exhibían hasta el momento. Inclusive notó cierta arbitrariedad en su trato, ya que con mucha confianza se atrevieron a contarle cosas que sólo confidencialmente se dice en un matrimonio.

Repentinamente el señor le ordenó que por favor los condujera al cine, querían ver una película, a esas horas. Pensó don Carlos, *no ha de ser de vaqueros*. «Pero no una cinta cualquiera», dijo el hombre, «queremos pasar un aniversario diferente y para eso es necesario que nos lleves a ver algo fuera de lo normal». Ellos anhelaban verse transportados a otra dimensión, la dimensión del tiempo pasado, revivir en la medida de lo posible el vigor juvenil para amarse nuevamente como chamacos. «Yo pienso», dijo el señor, buscando el rostro de don Carlos, «que la senilidad trunca las ganas y los deseos, los miembros ya no responden del mismo modo, pero la mente no olvida que un día fueron el huracán de su época. La viva tempestad gozosamente apaciguada en la primavera de sus gloriosos años. Ambos ansiamos tener un aniversario distinto, tratando de resucitar aquellos días en que nos devorábamos en las sábanas de cualquier camastro, cuando los rincones se prestaban a resguardarnos de la mirada perversa de la gente, época en que el deseo no tiene fin y sólo se piensa en la ferviente idea de complacer y ser complacido. Es por esto mi querido *Charlie,* que hemos escogido esta ciudad y a ti, esperando que no tomes a mal nuestra extraña petición, para que nos ayudes a refrescar esos tiempos muertos».

Al buen entendedor pocas palabras. A don Carlos esto le pareció extraño, jamás había tenido una experiencia similar. En principio le pareció en extremo una situación jocosa, aunque después, analizando el panorama de las cosas, se dijo que, ojalá hubiera más hombres como éste, que tienen un afán verdadero de hacer feliz a su cónyuge o hacerse feliz ellos mismos, pero sin transigir reglas bíblicas que repudian la fornicación, a pesar de que sus deseos pudieran robarle la capacidad moralista. Calculaba que el señor frisaba los setenta y la señora tal vez siete años menos. Las arrugas afloraban en sus pieles blancas y marchitas, pero su amor estaba tan lozano y firme como hacía cuarenta años. Volvió a felicitarlos, pero esta vez su expresión determinada mostraba a todas luces franqueza, honestidad y admiración por ellos, de manera que resolvió ayudarles inmediatamente. Optó por dirigirse a ese lugar clandestino en el que pasaban películas pornográficas en una colonia no muy alejada del hotel en donde se hospedaban. Al estar en el umbral del local le pidieron que no los dejara solos, no deseaban ser timados por gentuza desconocida y de mala reputación. Era un jacalón enorme, dividido en varios cuartos más o menos grandes, donde se exhibían no solo películas, sino que también había demostraciones en vivo, de parejas, entre hombre y mujer, realizando actos sexuales delante de diversos espectadores. Don Carlos guio acertadamente, por la parte trasera del terreno, a los viejitos amantes, evitando presenciar el espectáculo en vivo, seguramente lo hubiesen deplorado. Buscaban otra cosa menos grotesca. Por lo que se esmeró en conducirlos exactamente por el camino correcto. Cuando estuvo seguro de ello, les señaló con toda propiedad que la puerta siguiente era la que debían abrir.

Entraron medio tímidos, agarrados de las manos, pero sus rostros proyectaban emoción y misterio a la vez. Dentro, presenciaron una película pornográfica estando solos y sin que nadie los molestara. Don Carlos se había encargado de que no los interrumpieran para nada, en lo absoluto. Eran sus clientes. Cuarenta minutos después, salieron los viejitos a su encuentro señalándole que era suficiente con lo presenciado.

La candidez mostrada por los ojos de los interesados le hizo adivinar que ellos no estaban muy ambientados a la naturaleza de este entorno, así que salieron a toda prisa. Sin pérdida de tiempo abordaron el Impala azul-celeste que aguardaba en el estacionamiento. Camino al hotel, en el asiento trasero, la amante, paciente compañera, cuchicheaba al oído de su excitado esposo, sobándole las rodillas y los muslos para mantener vivo el furor de su viejón. Don Carlos no los distrajo, se dirigió directamente al hotel sin hacer escalas, tratando de evadir los semáforos en rojo. Cuando llegaron al Hotel Hilton, se despidieron de él apresuradamente dirigiéndose a la habitación que se hallaba en el tercer piso. Don Carlos sonrió satisfecho por su gesta. Sin duda, había contribuido para una buena acción. Los señores con toda seguridad disfrutaron de un buen aniversario. ¡Nada luctuoso! Por cierto, fueron bastante generosos con su propina. Jamás don Carlos manejó su carro a tanta velocidad como esa noche, pero el caso lo ameritó, vaya que sí.

Al otro día le pidieron directamente a don Carlos otro servicio. Esta vez querían escuchar música de mariachis.

El espejo

Así rodaba la vida de don Carlos, un estupendo guía de turistas de reconocido prestigio, enfilado en las mejores agencias de turismo de aquel entonces. Todo un profesional. Estaba en la cumbre de su carrera, nadie tenía duda de su erudición, de su carisma y su aplomo para resolver cualquier asunto relacionado con el medio. Fundamentalmente había dos agencias que lo buscaban con verdadero afán, le reconocían su trabajo y aceptaban sus méritos, razón por la que era necesitado como el azúcar al café. Y la forma de recompensarle, retribuirle su lealtad y premiar su dedicación, era distinguiéndolo con ciertos privilegios. Deferencias que sumadas otorgaban ciertas ventajas sobre el resto de sus compañeros.

Él portaba elegantemente el orgullo de su honradez para realizar todas sus cosas. Tenía un altísimo sentido de la probidad y rectitud. A estas alturas, íntegro e incorruptible. Insuperables calificativos que había pulido principalmente en los últimos quince años de su vida. Le gustaba saberse y sentirse modelo en ese aspecto. Era su carta de presentación, hombre de lineamientos morales rectos, de cuna humilde pero franco y dogmático. Si bien era cierto que en las últimas dos décadas logró enderezar el sinuoso camino, también fueron patentes sus descalabros tan frecuentes en la etapa de su inquieta juventud. Gracias a la metamorfosis de sus actos y pensamientos, poco a poco transformó su vida. Ahora se daba el lujo de mirarse al espejo y admirar su renovada personalidad, sin aquel sobrepeso que da la mirada cuando está coludida con recuerdos infranqueables. «A Dios se lo agradezco», decía él, «se quedaron atrás las noches y días difíciles en que la vida pende del hilo más delgado». Ahora gozaba de la proximidad de estar consigo mismo, sin rehuirse, reafirmándose cada veinticuatro horas y procurando enriquecer su espíritu al reanudar el alba.

La estructura del hoy, la había amasado ayer. *"Quien no sabe ser un buen segundo nunca podrá llegar a ser un buen primero"*. Ese era uno de sus enunciados, es decir, para que a él lo respetaran, él primero debía ser respetuoso con los demás. Estaba orgulloso de que su madre lo hubiese formado, porque únicamente de esa conducta impuesta desde la infancia se construye la conciencia y se recobra cuando se tropieza en la adolescencia. El agua de la fuente siempre regresa a recogerse al impulso primario, motivo del estímulo vital. Porque la vida es un círculo en movimiento, va y viene, sube y baja, hasta que se evapora el agua y se renueva con otra generación. No tomaba un centavo que no fuera suyo, tenía que ser producto de su esfuerzo y ganancia personal. Repudiaba a los ladrones y a todos aquellos seres que obtienen fácil el dinero, sin sentir el sudor entre las manos, el esfuerzo del trabajo creativo, el desvelo. Odiaba a aquel que estirando la mano lograba esquilmar al otro, por eso magnificaba el trabajo, aquel agotamiento muscular que disminuye poco a poco la intensidad de las voluntades, pero que levanta el orgullo y la satisfacción de sentirse útil ante la sociedad y los suyos. Reprobaba actitudes banales o maniobras ilícitas en las que se pone en juego la integridad de las personas, soslayaba el engaño y vituperaba la mentira, que tantas veces esgrimió de adolescente, pero que hoy vomitaba. En suma, don Carlos era en su presente un hombre transformado, apoyado en la fortaleza de su experiencia y de los golpes que de ella recibió. En balde no pasan sesenta años, sabiendo al final qué paso dar hacia adelante. Principalmente cuando se han dejado atrás tragos amargos, tentativas frustradas, exámenes fortuitos en donde se pone a prueba la prolongación del destino escogido y, precisamente en esa constante advertencia, la vida convierte al inocente en perito y conocedor de sus propias expresiones.

A decir verdad, él cayó en infinidad de trampas que gracias a la buena fortuna pasaron a ser moralejas, con las que ahora se cobijaba para evitar caer nuevamente en esas sonoras encrucijadas. Por ejemplo, recordaba muy de cerca y todavía, una lección que aprendió en el primer escarmiento del cual no necesito más. Realizando un viaje vespertino a la ciudad de Acapulco, transportó a una familia de cinco miembros. Los padres y tres hijos. Los rasgos del viaje incluían únicamente la ida, dejarles en un hotel determinado y regresar solo a la hora que pudiera. Llegó al puerto sin pena ni gloria, como a eso de las once de la noche, dejó a los pasajeros, pero decidió pernoctar en esa ciudad, evitando manejar cansado.

Al otro día desayunó temprano y tomó la carretera rumbo a la Ciudad de México. Una carretera angosta, sin acotamiento, muy sinuosa y prolongada, principalmente hasta alcanzar la ciudad de Taxco en donde las curvas se hacían menos peligrosas. Por esos años tomar cualquier carretera por el país era correr un verdadero peligro. La necesidad convierte al riesgo en una condición insegura, insalvable, pero a fuerza de conocer los caminos la confianza supera los miedos.

Pasados los primeros treinta y cinco kilómetros hizo una parada a la orilla del camino. Era un claro terregoso en donde se vendían dulces de la región, refrescos, papitas, cacahuates y alguna que otra chuchería para darle sabor al paladar. Compró cocos, nueces, caramelos para hacer saliva de regreso y cosillas que le parecieron oportunas llevar a casa para la familia, sin gastar excesivamente en ello. Al pretender reanudar su viaje en su viejo Buick 55 color negro vio a una joven bella, bastante atractiva, que se dirigía a su coche con toda la intención de solicitarle algo. Cuando la chica llegó hasta él, le suplicó que la llevara en su auto. Que le diera un aventón. No portaba dinero en su bolso diminuto que colgaba de su mano izquierda. Ella le contó a don Carlos, de manera lastimosa, que le habían robado su dinero la noche anterior, en una fiesta de cumpleaños a la que fue invitada con otras amigas. Desafortunadamente no se percató de ello sino hasta el amanecer. La chica no pasaba de los veinticinco años. Morena y con formas bastante deseables para cualquier mirada masculina con un poco de hambre. Don Carlos no pensó en nada oscuro que pudiese ocurrir y como todo un caballero se ofreció para trasladarla a la ciudad más próxima, que era Chilpancingo.

En el camino y ya sentada junto a él, en el asiento delantero, terminó de escuchar pacientemente la desgracia de esa dama. Se aligeró por la carretera considerando indolente hacer preguntas imprudentes o de sobra, que pudieran generar una mayor dolencia a la muchacha que ahora era su compañera de viaje. Sucedió sin embargo exactamente lo contrario, ella le condujo a otras conversaciones fuera del tema escabroso inicial. Su charla estudiada mostraba una sonrisa con su primaveral frescura. Le habló de cómo llegó a la ciudad semanas antes, de lo soleado de las playas, de la maravilla de Acapulco que tiene vida propia. De los hoteles tan lujosos que conoció, de las discotecas que visitó en aquella vorágine noctámbula que envuelve con facilidad a la juventud alocada. En fin, don Carlos iba extasiado con la compañía de esa jovencita que hablaba y hablaba, sin darle tiempo al conductor de pensar en otra cosa que no fuera su risueña y soñadora presencia.

Ella vestía pantalones de mezclilla ajustados, una blusa naranja de manga corta con un listón que caía de la parte media del cuello hasta la cintura. Se acompañaba de una maleta negra discreta, no voluminosa, a la que él no prestó importancia y donde, seguramente pensó, guardaba su escaso equipaje y maquillaje de rigor. Transcurrido un rato y manteniendo un diálogo ambicioso, premeditado, incluso interesante, la risueña compañera comenzó por deslizarse paulatinamente hacia la figura de don Carlos que manejaba su automóvil con prestancia. La distancia de las piernas de ella a las de él se hizo estrecha. Es más, se redujo a la mínima expresión, hasta que su mano delicadamente femenina se posó sobre la pierna que mantenía vivo el acelerador. Ella mostraba cada vez mayor confianza en el trato y manejo de sus movimientos, de modo tal que, pasados unos kilómetros, ya no había distancia entre ambos, permitiendo que las piernas compartieran su calor estrechamente. En menos de una hora de camino la jovencita iba pegada como papel engomado al cuerpo de don Carlos. En estas circunstancias, el calor agobiante de la sorpresiva situación les exigió efectuar una parada perentoria orillando su vehículo al lado derecho de la carretera.

Allí, detrás de una pequeña loma que la dama sugirió, se dispusieron a desahogar con celeridad sus ansias corporales. Ella le desabotonó. Él le quitó. Ella le bajó. Él le jaló. En fin, ambos quedaron desnudos como los árboles entrado el invierno. Y justo cuando las caricias tomaban el rumbo ansiado del sexo, se acercaron unos tipos a la pareja, encontrando a don Carlos en condiciones fáciles de pillaje e imposibles de defenderse.

Le robaron todas sus pertenencias. La muchacha ágilmente se regresó al carro, se puso sus pantalones. Abotonó su blusa, se calzó y se largó sin decir una sola palabra. Mientras que los fulanos hacían el trabajo adicional y bárbaro de despojarle de cuanto traía. Los colegas de la chica realizaron su labor con extrema y adiestrada rapidez, terminando un proyecto que dio comienzo justo cuando el incauto levantó a la chica kilómetros atrás.

Y el gozo se fue al pozo.

Aquella tarde le robaron la llanta de refacción, sus herramientas, que por cierto eran cuantiosas, porque si algo le gustaba era hacerle talachas a su carro. Le encantaba desmontar carburador y distribuidor, cambiar filtros y aceite del motor, cambiar una llanta, afinarlo, en fin, ensayaba seguido las peripecias y trucos de la mecánica. También le quitaron su reloj, no muy fino, pero que le regaló su señora en un aniversario de bodas, además, daba la hora, de algo le servía. Dos anillos que portaba en la mano izquierda, recuerdos de su joyería. El traje, la corbata, camisa y zapatos. Por supuesto, el dinero en efectivo que había ganado el día anterior.

Esta lección jamás la olvidó, aprendió que la tentación tiene un precio, y se paga por ello. La vergüenza fue mayúscula, cuando llegó desnudo a Chilpancingo solicitando un teléfono en calzoncillos. Lo que en verdad lo lastimó fue haber sido engañado de manera vil. Haberse prestado cándido, para ser presa fácil de quien hace de las suyas por las carreteras.

Esto y otros golpes le enseñaron a vivir a don Carlos. Experiencias inusitadas cuyos descalabros, como el anterior, motivaron profundas introspecciones fueron el causal para modificar en cuanto pudo aquel pasado tortuoso y aventurero en el que con frecuencia se vio envuelto. Reflexionados sus yerros, viraba hacia nuevos horizontes donde su imagen tomaba otro matiz, un ejemplo afable que él deseaba adoptar por sí mismo.

Ahora, en esta nueva y restaurada vida, en la plena madurez, su familia ocupaba el primer plano. La amaba del mismo modo en que amaba a su México. Siéndole leal, fiel, honesto, entregado a sus preceptos. Su herencia sanguínea y trabajo eran su prioridad. Estos valores trastocaron desde entonces el filo de sus ambiciones, convirtiendo a estos en los principales cimientos que lo acompañaron hasta el resto de su peregrinaje por este mundo. De ahí partía la dedicación ciega y absoluta a su trabajo. Se adoctrinaba repitiéndose, *En mente ocupada no hay fascinaciones ni seducciones que muevan el tapete a un hombre íntegro.*

⌘⌘⌘⌘

Aun así, con el puesto que desempeñaba en su trabajo. Además de contar con la preferencia de sus patrones, no siempre completaba para los gastos que generaba la casa. Pagar todos los servicios, agua, luz, gas, teléfono, transporte, renta y escuelas, además de mantener y procurar la vestimenta de siete muchachos, era una tarea bastante agria. Ciertamente le habían asignado un salario cómodo y satisfactorio, pero hubiera sido mucho mejor aprovechado en una familia de tres o de cuatro integrantes, que de nueve. Claro que la diferencia era abismal. Por eso los dineros jamás alcanzaban para cubrir la totalidad de los gastos. Con frecuencia los proyectos domésticos se quedaban a medias, por atender una emergencia de índole hospitalaria o medicinal. Por lo que el salario nunca le fue suficiente como le presumían indiferentemente sus patrones.

De vez en cuando salía a pasear con su palomilla. Le encantaba organizar días de campo, como él los llamaba. Preferentemente se encaminaba rumbo a Toluca, paseando por la gran avenida Tollocan, habiendo hecho una primera escala en el paraje del Desierto de los Leones para comer ricas gorditas, enchiladas, quesadillas y su plato de hongos. En otras ocasiones cambiaba de planes, escogiendo llegar al parque de la Marquesa, ubicado a unos kilómetros más adelante, a comprar jarros y ollas de barro, para que su mujer pudiera cocinarle allí sus frijolitos muy a la mexicana. Algún otro domingo tomaba rumbo hacia la carretera de Cuernavaca y paraba en el poblado de Tres Marías, dándose un buen banquete con toda su parentela, pidiendo pambazos, sopes y tamales a los que acompañaba con café de olla, recién hecho por las marchantas. Una vez reconfortado el estómago, se encaminaba hacia la curva de la "pera" para llegar a los populares balnearios de Cuautla.

El camino a Pachuca también era de su predilección; cargado su auto de chiquillos los llevaba a balnearios de aguas termales, donde la piel recibía beneficios directos al contacto con ellas. Según él, desaparecía cualquier tipo de infección y, con el calor recibido en el cuerpo, los tejidos musculares se distendían favorablemente. Y así vivía con su atiborrada familia, de cuando en cuando gozando de sus domingos placenteros, siendo su protagonismo paternal la flor de su existencia. Le producía una enorme satisfacción ser el líder de su familia y que su voz sonora reflejara la autoridad crítica en cada uno de sus hijos. También en este ámbito se sentía un guía, pero no de turistas. Era una autoridad formal por su investidura y porque disponía como padre de los medios convenidos para premiar o castigar.

Por otra parte, pero en el mismo plano de las cosas, su cónyuge era como un espejo para sus necesidades. Con la experiencia en estos menesteres, acostumbrada a estos paseos improvisados, Tachita, su esposa, se hizo experta en atender los caprichos de su pareja. Llenaba su canasta de muchos bocadillos, frutas, vegetales y algunos postres fáciles de elaborar en casa pero que ya tenía listos desde la noche anterior al paseo. Mantel, servilletas, cubiertos, la sal y pimienta para darle sabor al taco. Por tanto, el escape planeado hacia las afueras de la ciudad resultaba un éxito total. Como dicen, *"detrás de un gran hombre, hay una gran mujer"*.

Al punto de cumplir su sexagésimo invierno, a don Carlos le dolía no poseer bienes materiales. Había vivido de todo un poco, recogiendo de aquí y de allá. Aprendiendo, corrigiendo, borrando y enderezando. Sin embargo, todas estas vivencias personales no le traían otra cosa más que recuerdos y envidias soñadoras. Evocar con agrado estas remembranzas no le daba lo que hoy necesitaba. Él paseaba como rey mientras que para su familia muchas veces escaseaba lo básico. Se lamentaba de no ser propietario de una casa o terreno donde construir algo para el futuro de sus hijos. Sabía de sobra que el tiempo pasa inexorablemente, que la edad y crecimiento de sus vástagos le iban requiriendo de mayor espacio para su desenvolvimiento natural. Por lo que rentar una casa de apenas dos recámaras, un baño y cocina era insuficiente.

Últimamente reflexionaba mucho sobre el asunto. Pensaba que esas necesidades, tarde o temprano, con la dedicación al trabajo, se solucionarían. Llegar a casa y mirar los muebles de siempre le parecía una tortura a pesar del silencio de su esposa. Los colchones donde sus hijos tiraban el cuerpo de noche estaban más curveados que la montaña del Iztaccíhuatl. Los muebles y roperos donde se guardaban las ropas estaban desvencijados por los años. A decir verdad, había vestimenta que esperaba lugar para ser guardada debidamente. Él deseaba arrancar de raíz esta infame carencia doméstica, pero con los pesos que ganaba le era difícil sufragar los gastos de un nuevo mobiliario. Cuando al fin podía comprar algo, por ejemplo, una sala, que en cierto modo era lo último que habían adquirido, se rodeaban de una serie de sacrificios a los que debían enfrentar con resignación religiosa.

Su esposa, una mujer sencilla, de pocas palabras y mirada penetrante. De cuna humilde, provinciana. Tenía la capacidad de empujar a su marido positivamente hasta que éste alcanzara sus objetivos propuestos. Le demostraba excesiva confianza. Entrega total en cuerpo y alma, aprendiendo de él como si se tratase del maestro de primaria al que se le admira por su puesto en el pueblo. Sentimiento que le favoreció para impulsarlo con ahínco en todos sus caminos por recorrer. Su procedencia no fue obstáculo para poder identificarse con don Carlos. Ella mostraba inteligencia y afilada intuición para adaptarse a las condiciones que le imponían los tiempos, sean buenos, malos o regulares. Había una evidente reciprocidad. Una correspondencia casi telepática, amándose el uno con el otro. Ella, llena de cariño, le susurraba a su hombre al oído: «El amor conduce, guía, y enseña; mientras que la pobreza rivaliza con el dulce romanticismo de nosotros».

Por cuestiones de dinero que siempre faltó, había un asunto en que él prestaba escasa atención, casi omitía las incesantes recomendaciones de su señora cuando se refería a que lo viera un médico. Los años pasaban y su esposo jamás tenía la precaución de checarse en una clínica u hospital para ver cómo andaba su organismo. Cada vez que escuchaba esta encomienda de la parte femenina, don Carlos se salía por la tangente argumentando que lo haría en cuanto fuese posible, pero como nunca se hizo lo posible porque así sucediera, pasó el tiempo inexorablemente sin que el chequeo médico se llevara a cabo.

El tiempo vuela dice toda la gente, con él se acompañan todo tipo de vivencias, realidades que clarifican la madurez de un hombre cuyos años le obligan a pensar en el deber ser. Robando el deseo de querer ser. Intrincada bifurcación. Dejar de lado la volubilidad y el cambio intempestivo de acciones a tomar. De joven mucha cosa inició y escasas terminó. Pronto cambiaba de parecer cuando alguna contrariedad se presentaba. El apego que ahora lo distinguía sobre su actividad profesional había sido todo un proceso de sueños convertidos en realidades. Incluso podría decirse en cierta forma que el destino fue caprichoso en la formación de su futuro. Forzó situaciones que en su oportunidad se solidarizaron con los rasgos de su propia personalidad, dando un vuelco relevante al curso de los acontecimientos, para hacer de él un hombre hecho y derecho. Tal vez si la edad no lo hubiese alcanzado, considerando que don Carlos se sentía viejo cuando cumplió los sesenta, hubiera podido tomar otra opción en la vida. Trataba de no ser tan inconstante. Su mente lo trasladaba fácilmente, y en automático, a soñar un futuro que no le correspondía. Desde muy joven acusó serios problemas de inestabilidad emocional. Con frecuencia soñaba despierto en ser y tener lo que no podía alcanzar. Simplemente para satisfacer un ideal de poseer. Meditaba sobre ciertos horizontes imaginarios, casi imposibles de racionalizar en la simetría de su mundo, subyugándose en esa armonía ilusoria de vivir en otro lado y existir en éste.

El tiempo y un ganchito, como dicen, se encargan de poner las cosas en su lugar. Rompe los sueños, destroza las fantasías, deshace las ilusiones y los espejismos que no son construidos en base a una realidad verdadera, y esa entelequia imposibilita la madurez. Principalmente cuando se cumple una edad en la que no hay espacios para la modorra. En diversas ocasiones don Carlos se miraba al espejo de modo reflexivo, manteniendo en lo posible una conexión prolongada con esa pared lisa. Reflejando sus arrugas y la circunferencia de sus ojos adornados por grandes ojeras, para convertir a su retrospección en un recuerdo imborrable que lo ayudara a ser mejor cada día. Se ejemplificaba con su indeseable pasado, para regenerar los días que aún le tocaban por vivir. Su edad no minaba las fuerzas para alcanzar las metas que se había trazado sin rasguñarle nada a los sueños que acarició durante tantos años. Ahora trataba de ser sumamente realista, calculando hasta el menor detalle de las cosas. Se aceptaba sin pretexto, tal y como era. El espejo determinó la última palabra. Completamente desapasionado de esas fantasías aterradoras, comenzó entonces a planear su vejez con cierto romanticismo, pero con toda objetividad.

A su vez quería impedir que un deseo fuera de su contexto vital lo sacara de él mismo, desubicándolo, proyectándolo a excesos que lo orillaran a la improvisación, al desorden. Por ahora su deseo estaba en camino de reivindicar su vida, planificándola a su manera para disfrutar de su libertad y el placer de ser.

Encañonar sus ojos al espejo, reflejándose en ellos con fines positivos, significaba definir sus principios y conclusiones, sus defectos y debilidades. Verse a sí mismo buscando respuestas a sus múltiples cuestionamientos estacionados en el tiempo, todavía sin resolver. El propósito del hoy, con diferencia al de ayer, era que los sueños de antes no poseían subsuelo y estructura. El tiempo le enseñó que hay sueños convertibles a la realidad. Mirarse al espejo interpelándose no es mendacidad, porque no hay más verdad que cuestionar sus acciones mirándose a los ojos.

Esta práctica de auscultarse era permanente. Lo hizo desde jovencito. Desde que era un párvulo había buscado siempre su reflejo en los ojos de su madre; al fin y al cabo, los humanos siempre estamos buscando el reconocimiento de los demás, principalmente de los seres que amamos. Don Carlos se figuraba en ese espejo, donde todavía seguía mirándose en el infinito recuerdo de aquella lejana, muy lejana, infancia. Cristal cuya pared devuelve los gestos de quien la contempla, permitiéndole avizorar al mundo engañoso, faccioso y cruel. Desde aquí percibía el maligno poder mundano transitando en la memoria de todos los que le rodeaban.

No había fines negativos al observarse en ese cristal. Era como vagar dentro del encanto abismal de sus juicios. Se marcharon los pensamientos sin fondo, sin cimientos. Hoy eran fortalecidos por esa mezcla que reafirma la cordura. Huyeron las negaciones. Ahora don Carlos estaba siempre con los ojos abiertos y la mente en marcha. Sin opresión en la conciencia. Con un cerebro incandescente luchando entre la verdad y la mentira. Entre lo que es y pudiera ser, o entre lo que sería y hubiera podido ser. Dejando correr el tiempo, esperando apariciones de buenaventura, de augurios optimistas.

En sus cavilaciones aseguraba que pronto algo ocurriría en su vida. Confiaba en que Dios le bendeciría y de alguna manera se manifestaría en el futuro inmediato. Algo debía suceder que generara un cambio apremiante en el devenir de sus días. No se resignaba ni práctica ni espiritualmente a que sus amaneceres fueran tan cotidianos. Los mismos de siempre. Ansioso esperaba un cambio que le diera otro panorama al presente. Imposible pensar que la vida era simplemente eso. Una copia hoy del día de ayer.

Don Carlos sentía que todavía no había hecho lo que le tocaba hacer. La tarea no estaba terminada. No era cuestión de omnisciencia, ni de extrema erudición para sentir que le faltaba mucho por recorrer. Para advertir que no estaba hecho un hombre en toda la extensión de la palabra. La situación exigía un cambio, una imperiosa modificación en sus lunas blancas y en sus soles de naranja, por lo menos que las noches y los días parecieran un tanto distintos los unos de los otros. Alguna diferencia entre los rigurosos crepúsculos y las destempladas madrugadas. Si bien es cierto que su conducta hoy era otra, que el tiempo lo transmutó a un ente mucho más consciente, esperaba lícitamente que ese tiempo le hiciera ver algo fresco. En esa contemplación ordinaria dominaba su zozobra, confiando en que los días morosos mostraran una cara distinta.

Desde chico había salido de casa esperando acontecimientos que trajeran una luz diferente a su inmediato futuro. Abandonó su propia casa junto con el destino que le estaba previsto y viajó hacia sí mismo, para encontrarse con su yo agitado. Peregrinando sin itinerario. Forzando sus rutinas en un viaje constante de formación que sólo otorga a costo alto la universidad del mundo. Un dilatado viaje para descubrirse y realizarse. Hoy, después de mucho, aguardaba a que su veteranía le diera a probar algo desconocido, una pizca mórbida de cordura venida de otra dimensión. Figurada en otra órbita elíptica de la sensatez.

La gran aventura

Una mañana le llamaron a casa para encomendarle un grupo de texanos y canadienses que ya habían recorrido largo trecho por el país. Procedían de la bella ciudad de Mérida. Venían de los Estados de Yucatán y Quintana Roo. Tomaron un viaje, ofrecido desde su lugar de origen, que contemplaba una cobertura bastante amplia y donde se incluían recorridos por los Estados del sur y del bajío de la República Mexicana. Este grupo fue concentrado, en primera instancia, en la península desde hacía un par de semanas. El manejo de su transportación en ese lapso estuvo estructurado a base de viajes cortos con un minibús muy bien dotado de aire acondicionado para la comodidad de los turistas. Los directivos sabían de antemano que las inclemencias del calor rompen con cualquier armonía. Era menester proteger a los turistas de la intemperie. El grave índice de incomodidad resulta, en ocasiones, convirtiendo a personas por lo general amables en agresivas.

Así que el grupo culminaba la primera etapa del viaje y ahora tocaba el turno a don Carlos, quien se disponía a recibirlos en el aeropuerto de la Ciudad de México para prolongar la estancia de los paseantes mostrándoles toda la gama del tesoro artístico, arquitectónico e histórico de los alrededores de la capital del país y otras maravillas de su entorno.

La encomienda consistía, además de recibirles en el aeropuerto, de instalarlos en el Hotel Continental. Un hotel cuyos límites estaban esquinados en el vértice del paseo de la Reforma y la avenida de los Insurgentes, en el mismo centro de la urbe. Justamente frente a este hotel de buena altura se levantaba un monumento erigido a los reyes aztecas. Guerreros arquetípicos en cuyas efigies se descarga el ejemplo mayor de valentía, lealtad y amor a su origen. Historia que inicia la de los mexicanos. Hospedados ahí permanecerían tres o cuatro días durante los cuales se les mostrarían algunos puntos turísticos de interés nacional y otros de contenido estratégico de la metrópoli. Según los planes trazados para este grupo, más adelante se iniciaría un viaje rumbo a Querétaro, llegando a San Luis Potosí, pasando por Guanajuato, visitando Zacatecas y finalmente el Estado de México, cuyos sitios en conjunto contemplaban recorrer toda el área conocida como el bajío. Para cerrar con broche de oro, terminaba con una fiesta de despedida en un hotel prestigioso de la ciudad de Cuernavaca, en el Estado de Morelos. Sin duda un plan ambicioso y muy turístico.

Don Carlos, como era su costumbre, dispuesto y desenvuelto, se acomodó al itinerario previamente estudiado del programa. Empezó a manejarlo a sus anchas. Minuciosamente. Con ese sello característico de su liderazgo y personalidad, aplicando toda su experiencia y disciplina para comandar firmemente todos los detalles que conlleva la responsabilidad en el control de un grupo internacional de treinta y tres personas.

En el año de 1975 todas las cosas estaban corriendo más o menos bien para él, sin pena ni gloria, y eso que no les tenía mucha fe a los años nones. Desconfiaba bastante de los años impares. No necesariamente podría pensarse que era supersticioso, pero sin que representara un estigma, generalmente en las anualidades nones por azares del destino, parecían maquinaciones facturadas, pero le ocurrían hechos que lo marcaron de manera determinante, un hito en su biografía. Sin embargo, hasta esta fecha todo iba bien. Los meses del año estaban siendo benévolos con él, habían transcurrido más de ocho meses de éste, y así como iban las cosas parecía que todo seguiría sin cambio alguno.

Como toda cabeza de grupo, tenía a su cargo tres personas que le ayudaban en la logística y organización de las actividades normales y cotidianas. En estos subordinados descargaba toda su fe y confianza, dejando en ellos funciones importantes a desarrollar, principalmente en lo que se refería a la dotación de recursos e implementos que cada turista fuera necesitando. Él gestionaba específicamente las cuestiones administrativas. Visualizaba los destinos próximos que debían cumplirse según el programa. Es decir, debía ocuparse de que, efectivamente, tanto los lugares a visitar, como hospedaje y alimentación, se dieran justo como indicaba el proyecto.

El cometido primordial de su tarea se basaba en vigilar que ninguno de los integrantes fuese robado o que hubiese alguna acción que cundiera en robo. Ya habían tenido experiencias muy desagradables y el grupo terminaba muy tenso, disperso y desmotivado. Evidentemente, la seguridad, su protección y el cuidado de cada uno de ellos, eran su primaria responsabilidad. Cualquier error u olvido al respecto pondría a prueba la fragilidad de su liderazgo, por eso es que, sabedor de que en esta clase de agrupaciones gruesas era fácil la dispersión por el mismo movimiento natural de las personas, y que, al separarse del eje central estarían expuestos a cualquier suceso desagradable, estaba a la expectativa de cualquier disparate.

Otra importante preocupación estaba puesta en la alimentación y los inevitables antojitos. Con frecuencia se les indicaba escrupulosamente lo que podían ingerir y lo más aconsejable, para evitar problemas de tipo intestinal, ya que siempre había alguien que terminaba por quejarse o lamentarse. Los remedios en el camino más de las veces se aplicaban con rigor, pues sabían de antemano toda la problemática que se les avecinaba cuando uno o varios pasajeros caían gravemente enfermos. Por fortuna en ese recorrido todo estaba saliendo maravillosamente bien, se cumplían diecisiete días desde su partida, sin problema a bordo. Se habían suscitado pequeños conflictos de índole personal entre algunos texanos, pero sin causar graves consecuencias.

Las horas que se pasaron en camión fueron agotadoras y tediosas, muchas preguntas y por ende muchas respuestas, de las que indudablemente encontraban algunas muy obvias, pero en cambio muy interesantes aquellas en las que iba implícita la idiosincrasia del mexicano y la conservación de sus fiestas y tradiciones. Por ejemplo: ritos indígenas, herencias españolas, arraigos y atavismos regionales. Hasta fijaciones de costumbres primitivas. No se les escaparon consultas acerca de los secretos de la gastronomía mexicana, conservados aún a pesar del correr de los siglos, pero que seguían adheridas para el gozo del buen paladar.

Con paso firme llegaron a la etapa final del viaje donde iban a pasar la última noche. El lugar se llamaba Hacienda de Cocoyoc. Un complejo hotelero situado en el Estado de Morelos, a breve distancia de la ciudad de Cuernavaca, paraje con un clima permanentemente agradable. Dicen los lugareños que es tierra tocada por Dios ya que las temperaturas son bastante benévolas, ni mucho frío ni mucho calor. Provincia en la que mayormente se localizan balnearios públicos y centros de turismo nacional e internacional de cinco estrellas.

El grupo, después de tantos desplazamientos, ya mostraba una innegable fatiga por consecuencias del viaje. Incluso algunos declaraban abiertamente estar agotados a pesar de la hermosura de los lugares y toda la información recogida en las memorias fotográficas. Ya llevaban grabadas en sus cámaras una serie incontable de paisajes, de todo lo que aprendieron a través de los expertos guías. En estas condiciones, querer emprender el viaje de regreso a casa estaba justificado. Resulta cansado viajar en grupo, con tantos días de esparcimiento, escondiendo su verdadera personalidad. Esto, en el sentido estricto de ocultar sus gustos, vicios, rutinas, que para el resto serían desagradables; pero bueno, se trataba de conservar el orden, la disciplina y la sujeción a un horario predeterminado. Faltaba la última noche y precisamente por ello había que distraerse, mostrarle otro color al panorama, estar agradecidos de alguna manera de que todo había salido a pedir de boca.

Don Carlos, de un modo inteligente, hacía preparativos para que la velada fuese inolvidable, de lujo, bajándole el telón en forma brillante y emotiva a una gran travesía, que además de costosa había sido aleccionadora e ilustrativa. Por lo menos ese era el sentir de la mayor parte de los pasajeros. Porque como sucede en todas partes del mundo, hay gente que es muy abierta y exterioriza sus aflicciones y gustos, pero también existe otra gente que abre la boca exclusivamente para comer. Así que en esta última noche, y con el objeto de divertir a los cansados exploradores golondrinos, se organizaron juegos propios de costumbres mexicanas, recogidas de la vieja usanza, pero que han quedado en el gusto de las nuevas generaciones y hoy servirían como números excelsos para la inefable despedida.

Se realizaron eventos tales como las carreras de burros, que consiste en que una persona se monta sobre los hombros de la otra, y con ella encima tiene que llegar a un punto determinado, señalado por el instructor. También carreras con los pies metidos en costales, exigiéndose correr un poco más allá de los cien metros. Y para el género femenino, se organizaron competencias de hacer tortillas a mano limpia, actividad que provocaba algarabía entre todos los concurrentes por la forma de agarrar la masa entre las manos, y el modo en que ésta se queda pegada, o se escurre por los dedos, cuando no se sabe amasar adecuadamente. Cuestión de habilidad y aptitud, que no es sencillo desarrollar en minutos. Con estas sonrisas y sabores que quedarían en el recuerdo para mañana, estando en su país, disfrutaban plenamente de esa noche en mitad del patio, a un lado de la piscina que, alumbrada en forma espléndida, por lámparas elegantes y rústicas, favorecían el desarrollo nocturno de los que gustosos participaban en la tertulia.

Caminando más allá de la alberca, se extendían verdes prados en los que la luz ya no era tan generosa; y al apresurar el paso se observaban lunares oscuros en algunas zonas, donde el trabajo del jardinero hacía de las suyas con los setos, las plantas y las flores celosamente acicaladas, y se apreciaba a simple vista el esmero y amor por la naturaleza de los cuidadores.

Así fue como esa noche saborearon la cena antes de partir rumbo a la capital para que los viajeros tomaran el avión de regreso por la tarde, terminando con ello el compromiso de la agencia de viajes. Se dispuso entonces que se rompieran piñatas en el jardín. Una viejísima tradición de los mexicanos que fue adoptada en los tiempos de la conquista española, aceptada en el seno de la población y festejada desde que el territorio azteca se llamó "La Nueva España". Romper una piñata en la República Mexicana es un festejo que por lo general reúne a una serie de elementos conjuntos.

Retomó nuevamente don Carlos su camino a la información. Se paró al frente del grupo de viajantes y explicó con lujo de detalles las características de la piñata y sus efectos en la fiesta. Casi gritando para que todos le escucharan dijo: «Primero, provoca armonía entre quienes la elaboran, porque llenar la olla que compone el núcleo de la piñata es tarea de muchas manos en una vecindad. El contenido es a base de fruta. Generalmente lleva mandarina, naranja, caña, tejocote, cacahuate y en algunas provincias mexicanas los agregados son bolsas de dulces o garapiñados. Hay quienes añaden a toda esta fila de pilones, algunas monedas o billetes de baja denominación, que la convierten en una verdadera fortuna cuando ésta se quiebra con el palo. Segundo, el hecho de hacer colgar a la piñata desde lo alto para que alguien a palos la rompa, representa un desafío para quien sujeta el madero. Por lo menos tratará de atinarle a lo que sabe se está moviendo delante de él, ya que ésta es sujetada por una cuerda que pende de dos puntos distantes, justo arriba del sitio que se supone es el epicentro de la acción», dijo don Carlos señalando el lugar donde la piñata iba a descolgarse en un momento más, «y la habilidad que se tenga para el manejo de la cuerda en las alturas, permitirá subir o bajar la piñata intempestivamente, o moverla hacia los lados, según las intenciones de quien quiera romperla en su turno».

Dependiendo del tipo y clase de turistas, don Carlos decidía vendarles los ojos a los participantes, tal y como lo exige la verdadera tradición. Esta vez, sin embargo, no lo hizo, pensando en que la gente iba a participar mejor de esa manera, viendo el cuerpo de la piñata moverse caprichosamente por los aires.

Además de que en torno a este regocijo se origina una fiesta en la que todos los asistentes participan de alguna manera, ya sea gritando, corriendo cuando se viene abajo la piñata, arengando a quien le toca en turno sostener el palo, o simplemente haciendo bulla en la complicidad del festejo. Es algo inigualable en la tradición azteca. Y eso precisamente era lo que a don Carlos le interesaba mostrar, para que la gente se lo llevara en su mente. Y explicaba: «No es una regla general darle vista y color al armado de la piñata, es decir, cada lugar tiene sus propias derivaciones al respecto y podrán hacer uso de su imaginación y gusto para realizar el festejo entre los suyos. El objetivo es compartir, disfrutando de una alegría común que permite la convivencia entre una comunidad establecida. Es una artesanía manual barata, que ha cobrado muchos años de fiesta, de sabor, de unión y de amor colectivo a quien decide participar en ella».

Después de dar esta cátedra a su atento público, dos compañeros ayudantes de don Carlos se subieron a los árboles para sujetar desde lo alto a la dichosa piñata. Apoyados en ramas en sendos polos opuestos, para dar rienda suelta al júbilo en plena noche septembrina. Las personas mayores pasaron primero a probar la puntería, situación que generó comicidad, risas y relajamiento abierto entre el tumulto, sobre todo porque ponían mucho empeño en su intento, pero no atinaban a pegarle al objetivo movible. En cambio, la disposición y actitud de los jóvenes fue más agresiva y tuvieron un mejor cálculo sobre el bulto a golpear. De este modo debilitaron pronto la estrella de cinco picos que figuraba la piñata; aunque, a decir verdad, también los hombres preferían rezagarse y condescender con las mujeres, para que éstas con mejor empeño sacudieran la piñata.

Cuando el barullo terminó, se apagaron los reflectores y la gente se retiró a degustar la cena que ya lucía en las viandas frontales del salón escogido. Se componía de un menú completamente típico y tradicional, para cerrar con broche de oro la Noche Mexicana. Don Carlos se mostró como capitán de meseros, como lo hizo durante todo el desarrollo del viaje, no con la intención de servir los platillos, sino más bien, con la idea de interpretar y auxiliar a los comensales en cualquiera de sus peticiones, que normalmente realizaban en su idioma. Por tanto, recorría todas las mesas preguntando solemnemente si algo en especial se ofrecía, o si el mesero que los atendía había tomado la orden adecuadamente.

De pronto, un señor le llamó desde una mesa distante a la que él se encontraba atendiendo. Vio que levantaba el brazo para llamar su atención. Sin vacilar dejó pendiente lo que estaba haciendo y se dirigió de inmediato a la señal que provenía del lado opuesto del restaurante, esquivando varias mesas y haciendo una pequeña genuflexión al momento de llegar hasta el sitio exacto donde era solicitado. El hombre que lo llamó le pidió que se sentara junto a él para comentarle algo en secreto. Cuando al fin lo hizo, se fijó desde muy cerca en la mujer que lo acompañaba. Era muy bella y de ojos grises, distinguida, nariz fina, piel rosada, de cabello exuberante y de color negro como la noche misma, que en contraste con la luz realzaba su magnificencia. Don Carlos ya presuponía que entre ellos existía una relación amorosa. Adivinó que la dama en cuestión era su compañera sentimental. No podía ser de otra manera, él tenía anillo de hombre casado y ella no. La edad y la apariencia entre ellos manifestaba gran diferencia: no necesitaba preguntarlo para saberlo, era obvio para él y para los ojos de todos. Situación que no fue de su asombro desde un principio, ya que no era la primera vez, y de seguro no iba a ser la última, en hallar parejas cuyo fin sea el de gozar de viajes únicos y románticos, buscando un resquicio en su tiempo y espacio para disfrutar de su amor. Pero en este tipo de trabajo la discreción es la llave del éxito entre los clientes. Sin embargo, le parecía extraño que el interesado lo invitara a sentarse a su mesa, ya que durante el trayecto del viaje casi nunca cruzaron una palabra y no recordaba haber tenido la oportunidad de platicar así de cerca, pero bueno, ya estaba ahí.

Cuando estuvo sentado frente a él, recordó que este robusto individuo había mostrado interés en algunos aspectos específicos del Museo de Antropología e Historia. Pero entre ellos no se dio la oportunidad, como ahora, de intercambiar puntos de vista que era lo que don Carlos presuponía iba a suceder. Desafortunadamente, le esperaba otra cosa muy diferente a la que sería su fallida intuición. Por tanto, esta repentina entrevista le causaba extrema sorpresa mostrándose a la expectativa.

—Don Carlos, sabe que mi nombre es John Harryed, ¿verdad? —dijo este señor, con acento firme y aire de autosuficiencia, sumadas a su voz sonora y directa.

—Sí, lo sé —respondió muy honrado y complacido de que lo llamara por su nombre y se puso atento a lo que viniera.

—Como debe saber, esta bella dama que me acompaña se llama Joan —explicó al tiempo en que el señor Harryed se inclinó y viró hacia ella para que don Carlos también le imitara haciendo un movimiento de cortesía.

—Mucho gusto nuevamente, Joan —respondió don Carlos con la misma reverencia, y la miró directamente a los ojos grises, tan atrayentes como el brillo del sol que habían apreciado ese día en el incomparable Cocoyoc.

—Bueno, pues Joan ha tenido un incidente costoso —agregó Harryed—. Resulta que participó en la fiesta que usted organizó hace unos minutos en el patio. Por suerte, a ella le tocó el turno para quebrar la piñata, y aunque desafortunadamente no logró romperla, sí tuvo el infortunio de extraviar un brazalete, que sostenía en su brazo izquierdo.

—¡Caramba! ¡Qué contrariedad! —respondió preocupado don Carlos asombrado y percatándose de inmediato de la razón por la que había sido llamado. Agregó visiblemente interesado—: ¿Qué forma tiene ese brazalete?

Joan respondió afanosamente:

—Es un brazalete fabricado en oro de dieciocho quilates. Se ajusta al contorno de mi muñeca de manera fácil y holgada, aunque no demasiado. Tiene tres hilerillas de piedras preciosas en torno al mismo, las cuales casi dan vuelta en toda la pulsera. Cada hilerilla tiene incrustaciones de piedras distintas, montadas en perfecta armonía. Por ejemplo, en la primera, se aprecian diamantes ovalados, diría con exactitud que son ocho los que la componen. Le sigue otra, en la que se localizan esmeraldas naturales de color verde. Son joyas que brillan por su misma naturaleza. Y finalmente, la última hilera, está compuesta por zafiros color azul rey.

Mientras que Joan hablaba, describiendo el objeto perdido, don Carlos viajaba con los ojos a las ropas de ella y a las de él. Se dio cuenta de que eran personas distinguidas, bien vestidas, con joyas y con expresiones muy precisas para decir y hacer lo que deseaban. Estaban sentados sobre las sillas que ocupaban en torno a la mesa, en una posición bastante ortodoxa y elegante. Hasta él llegaba el olor de su perfume y un halo de su personalidad, diferente a los demás pasajeros. La dama proseguía con su erudición:

—El brazalete es bastante ancho. Pulgada y media, diría yo —y argumentó a continuación de manera apasionada—: Cada hilera de estas piedras está separada por una especie de raya marcada por el mismo cuerpo del oro; fue una sugerencia de quien la fabricó, pero que permite identificar con exactitud donde se divide una hilera de la otra. A su vez, separa los colores de las piedras para distinguir en toda su dimensión la calidad y valor de la joya.

Don Carlos quedó pasmado. Una pieza de esta magnitud, de tales características, debía tener un valor altísimo, pensó el guía. Si es que esta belleza de mujer le contaba la verdad. Pero confiando en que las particularidades de la joya en cuestión no fueran demasiado infladas por las especificaciones emitidas por la fémina, la pieza adquiría en ese momento una importancia relevante sobre cualquier asunto que le quedara pendiente. Él se quedó sumamente pensativo, tratando de imaginar ese brazalete con todos los detalles que había precisado la señorita Joan, al tiempo que fijaba la vista en su brazo delicadamente blanco y que por cierto era digno de portar la joya descrita. Inmediatamente después el Sr. Harryed sumó más comentarios con cierta vehemencia a sus palabras:

—Yo estoy seguro de que usted alguna vez ha hecho algún regalo, como también estoy seguro de que hay ciertos regalos especiales para personas muy especiales, ¿comprende? ¿Verdad don Carlos? —dijo fijando sus ojos en los que dirigía su mirada, y luego agregó—: Bueno, éste es el caso. El brazalete, hasta ahora perdido, independientemente de su costo en el mercado, tiene un valor sentimental privado de mayúscula importancia. Yo espero —terminó diciendo Mr. Harryed—, que usted tenga la fortuna de encontrar esta inigualable pieza que nosotros no hemos podido hallar, a pesar de que ya recorrimos todo el espacio posible en torno a donde se desarrollaron los juegos en los que participamos casi todos. Y aunque la pieza está asegurada, no me gustaría perderla porque, como le digo, fue un regalo que le hice a Joan con mucho cariño —pausó y finalmente apuntó—: Le encargo mucho este asunto, *"my dear Charlie"*. No quiero hacerlo del conocimiento de todos los pasajeros, porque el valor del brazalete compromete la honradez de cualquier individuo. Por eso mismo, y confiando en la intachable actitud que usted nos ha demostrado hasta ahora, me atrevo a confiarle esta misión.

—No se preocupe —respondió don Carlos muy atento a la mirada con que Joan le cobijaba, con unos ojos que brillaban como luceros en su rostro blanco—. Yo haré todo lo humanamente posible para que esa joya vuelva a estar en la mano de la señorita. Iré a buscarla en persona y de inmediato, ya que en el sitio donde se rompieron las piñatas todavía se encuentra personal de intendencia realizando la limpieza, con su permiso.

Se incorporó y con una leve reverencia se retiró de la mesa.

El hallazgo

En forma automática se encaminó hacia el jardín donde había tenido lugar el ajetreo de la piñata. Justo en el momento en el que personal de limpieza llevaba a cabo las labores de levantamiento de piezas y muebles. Los trabajadores movían y ponían las cosas en su lugar, otros barrían, dándole a la escoba el vaivén acostumbrado y otros más iban y venían con las bolsas de basura. Recogían la fruta que todavía quedaba por allí, algunos trocitos de juguetes que se rompieron al caer la piñata y los pedazos de las ollas de barro diseminadas en el piso.

Don Carlos sabía por lo que iba, aunque estuviera muy oscuro. Ahora sus ojos buscaban el brillo del oro, ese brillo inconfundible que vuelve locas a las personas. Fijó su mirada en los restos de la olla despedazada, unida por ese papel engomado que los artesanos acostumbran colocar en las paredes de barro para vestir de muchos colores a la piñata. Se inclinó varias veces al piso, con los dedos removía los escombros de la fiesta, cacahuates, papelillos, dulces, sin hallar nada. Con los ojos puestos en el suelo no se dio cuenta que detrás de él estaba Joan, quien lo sorprendió cuando ella le señaló algo que destellaba un tanto a tres pasos de donde se encontraban. Se mostraba apesadumbrada por el extravío y juntos siguieron buscando con los ojos avispados sobre la superficie de concreto que tenía algunas fisuras en el pavimento, pero sin la menor posibilidad de que pudiera irse por allí algo tan grueso como un brazalete de portentosas dimensiones. Persiguiéndolo, ella le confesó que había sido un regalo de John, su compañero, para festejar una fecha especial que íntimamente los ligaba, que el valor sentimental de la pieza de oro representaba gran importancia para ambos, por lo que el precio del brazalete, por cierto, bastante caro, les tenía sin cuidado.

Mientras le comentaba esto, abrieron el compás visual y abarcaron con algunos pasos adelante un área más grande, con el fin de ampliar las posibilidades. Caminaron un rato juntos de un lado a otro sin lograr nada, hasta que Joan se sintió cansada y regresó a la mesa donde la esperaba sonriente Mr. Harryed apurando en su garganta los wiskis que disfrutaba subiendo y bajando su mano izquierda. Aunque al final pidió un coñac, por ser la última noche que pasaban juntos en México. Con su preocupación en la mirada más que con su voz, Joan había dejado en don Carlos una conmovedora petición para que no claudicara en su búsqueda hasta dar con el brazalete. Le quedó claro que dicha joya representaba infinidad de cosas, hechos inolvidables que ella intentó transmitirle a don Carlos con profunda devoción. Por lo que, esperanzada, tuvo que retirarse hasta alcanzar la mesa de su compañero, quien la seguía celosamente con la mirada.

Cuando Joan se desplazó hacia el restaurante, don Carlos admiró la figura de la bella mujer. Sus piernas perfectas, desde sus tobillos hasta sus muslos, con el dibujo exacto. Alargadas, con gran fidelidad estética. Cabello largo y ondulado, que se dejaba caer apenas rebasando el hombro, al que, sin duda, pensó el guía turístico, se pasaba un rato todos los días en el tocador para darle esa textura. Con tal volumen y brillantez, capaces de provocar miradas de admiración de cualquier ordinario masculino. Esa fascinación y encanto mostrada entre el juego de su espalda tersa y diminuta cintura, adornados por una abertura escotada en su vestido largo, consumaban magistralmente el portento de mujer. Cualquier hombre adinerado daría un brazalete de esa envergadura, o más, por esta clase de diosa Venus que don Carlos admiraba con lascivia por detrás.

¡Qué mujer!, se repitió don Carlos. Pero en el hechizo de esa contemplación se dio cuenta de que Mr. Harryed se percataba del análisis visual del que era objeto su amada. Aunque al parecer poco le importaba aquello. Como si estuviese acostumbrado al examen ocular que le hacían a su compañera. De manera que ya no era una sorpresa para él.

Por cierto, él se notaba bastante despreocupado y risueño, como si la pérdida anunciada del brazalete lo tuviera sin cuidado. No denotaba aflicción en sus gestos. El míster estaba tranquilo. Tenía una voz muy nítida, segura, de grave entonación. Es decir, se le oía fácil a una distancia media de diez metros, más o menos. Y es que su solvencia económica y financiera no le permitía esconder su verdadera personalidad. Su figura expresaba toda la imagen de quien está complacido por ser atendido espléndidamente. Sabedor de que vive bien y no le falta nada. De que puede darse lujos a su antojo, sin pensar en el precio o el costo de sus caprichos. Sin esconderse de nada ni de nadie. Su actitud era manifiesta a los ojos de todos.

Don Carlos seguía buscando con obstinación, todavía sin hallar nada. Después de algún tiempo de explorar en el lugar, fue llamado nuevamente por los interesados desde la mesa que ocupaban. Y cuando llegó hasta allí, Mr. Harryed le informó:

—Nosotros nos retiramos a nuestra habitación —lo dijo en un inglés británico perfectamente pronunciado—. Joan repentinamente se ha indispuesto. Le encargamos mucho esa alhaja. Tenemos la esperanza de que pueda hallarla pronto. De no ser así, no se preocupe demasiado, de todas maneras la pieza está fielmente asegurada. Mañana mismo, aterrizando en nuestro país, la reportaremos como extraviada a la compañía aseguradora —después de ello agregó en tono más accesible, pero al mismo tiempo formulando una pregunta que al guía de turistas incomodó—: ¿Tiene una idea de cuánto vale esa joya, don Carlos? —expresó asomando una sonrisa de autosuficiencia en sus evidentes sesenta y tantos años.

—Bueno, no tengo idea aproximada del valor, sólo usted. Usted la compró. No me imagino el valor real del brazalete —respondió don Carlos reparando un tanto su ignorancia—. Yo estoy buscando la pieza de oro por encargo específico de ustedes, y no me llevo tanto por el valor que pudiera representar.

—Pues bien —dijo el míster—. Ese conjunto de piedras preciosas reunidas en una alhaja como esa, que le hemos referido, me costó, hace más de un año, un poco más de setecientos mil dólares. Es una pieza que no encontrará en los aparadores, debido a que fue fabricada especialmente para esta dama. Además, pienso que, pasado todo este tiempo, el valor de ésta rebasa ya las expectativas de cualquier joyero, ¿no cree? —anotó el gringo con feroz firmeza.

Los ojos de don Carlos se pusieron cuadrados. Su mente se obnubiló. Sus sienes se alborotaron como canicas sueltas en el vacío sanguíneo de su cerebro. Se le hacía imposible concebir la idea de que una sola persona pudiera llevar tanto dinero en su muñeca y portarlo con incomprensible naturalidad. Era una barbaridad lucir una joya como esa en una reunión en donde se congregaron todos los turistas del viaje para romper una piñata. Don Carlos rumiaba. Veía al canadiense inflado, mostrando una cínica actitud, hinchado de fanfarronería. La verdad es que este tipo sí había conseguido impresionarlo con todos sus años de experiencia a las espaldas. Así eran esta clase de gentes. Jactanciosos, insoportables. Pero bueno, no era cuestión ahora de poner en la balanza las características frívolas de gente sumamente autosuficiente y con aires de grandeza. Una vez más quedaba demostrado que don Dinero es quien posee poder absoluto sobre la razón, aunque ésta se constituya en base a juicios.

Se incorporaron de sus asientos haciéndole a don Carlos una pequeña reverencia. Casi rogándole, principalmente ella, que no desistiera de la búsqueda hasta tener éxito. En cambio Mr. Harryed le guiñó un ojo acompañado de una leve sonrisa arrogante, en patente signo de confianza y autoridad. Al menos así lo interpretó el guía de turistas.

Diez minutos más tarde, toda vez que dio unas órdenes por aquí y por allá y habiendo dispuesto servicios para las mesas de los comensales, salió nuevamente al jardín, decidido a dar con la ansiada presea. Para entonces llevaba consigo una lámpara de mano de tipo industrial. Voluminosa y de buen tamaño. De manera que la luz reflejada hacia adelante tenía más energía luminosa para abrirse paso en la obscuridad y enfrentarse con mayor puntería a su preciado objetivo, ya que gran parte del alumbrado había sido apagado en algunas zonas, como se hacía siempre después de un evento.

Volvió a su cometido con redoblado ahínco. Quería hurgar en todos los rincones habidos y por haber. Escarbando, removiendo, yendo despacio entre las zonas aledañas al sitio donde se suponía la joya estaba arrumbada. Pensó que no necesariamente tuvo que haber caído exactamente debajo de quien rompía la piñata. No era tan obvio imaginar que el brazalete tendría que aterrizar justo a los pies de ella, como la pareja lo había presumido.

Empezó a considerar todo, sin premura en sus apreciaciones, con calma. Para romper la piñata debe aplicarse suficiente fuerza y poder descargar el golpe al bulto, cuando éste se encuentra en movimiento. Seguramente al hacerlo el brazalete salió impulsado más allá del diámetro revisado, por lo que se obligó a fijarse un mayor compás en su área normal de percepción ocular. Entonces abrió un círculo mayormente extendido y superior al anterior, retrocediendo cinco o seis pasos hacia atrás y otros tantos hacia los lados, tratando de representar en su mente el viraje vertiginoso del cuerpo de la dama, en relación con el impulso dado, para que la joya pudiera caer hasta un extremo no determinado hasta ahora.

Analizada en su mente la nueva geografía, se ubicó entonces en una hilera bien formada de plantas, cuya altitud era semejante en toda su extensión y donde, además, se apreciaba esmero y mucho cuidado. Arbustos esmeradamente cortados por el jardinero, cuyo trabajo habría que agradecer porque los recortes y los filos de todos estos pequeños arbustos sin duda provenían de un artista profesional en estas cuestiones. En ese momento recordó a su padre, quien siempre le dijo: «Lo que quieras ser y hacer en la vida, hazlo bien, porque es tu carta de presentación y es lo que le da valor a tu integridad». Y este bello trabajo de jardinería justificaba la personalidad y profesionalismo del jardinero. Su delicadeza era evidente, inclusive en las esquinas donde remataba los setos con figuras erigidas, tales como gansos o venados, perfectamente dibujados en el vértice de las hileras, y cuyo cuerpo servía para dividir y zonificar a los prados, que además de verse hermosos, adornaban el reñido paisaje con el verde esplendoroso.

Pasaban las horas y él en sus profundas cavilaciones. Concibiendo ejercicios con sus intuiciones y dándole quehacer a sus corazonadas. Buscó allá y más allá. Se inclinó en repetidas ocasiones, incluso hizo maniobras pecho a tierra. Metió innumerables veces la mano entre las raíces de los arbustos. Los dedos voluntariosos reconocían al tacto el grueso y la humedad de la tierra, las piedrillas y alguna que otra fruta que había volado hasta acá. A lo lejos de él, sólo se notaba el perfil de su sombra entre los arbustos y prados del enorme jardín. Regresaba al restaurante, daba órdenes y se quedaba un poco para hacerse ver entre los comensales que le sonreían. Y así estuvo, entrando y saliendo. Cada vez abarcando más espacio en el sitio donde el tesoro esperaba su ansiado rescate.

En esas abstracciones se hallaba cuando, de pronto, se detuvo a pensar profunda y detenidamente en los volúmenes y dimensiones de la joya en cuestión, como si fuera un ingeniero poniendo a prueba su ingenio. El brazalete, según las afables características que le había proporcionado el canadiense, se trataba de una pieza más pesada que cualquier fruta. En su mano amasaba ahora una manzana de buen tamaño *y si ésta podía haber llegado hasta aquí,* se dijo, *también pudo haber llegado el brazalete.* Pensó en la forma de la pieza y en el viaje que ésta habría desarrollado forzosamente en el momento de desprenderse de la muñeca de Joan.

Con toda seguridad, secreteaba con su mente, rebotó en el piso y después se montó por sobre los arbustos. *Tal vez pudiera estar colgada de una rama. Sí, eso es.* Se alegró al pensarlo. Seguía dentro del mundo de su introspección. Tejiendo ideas. *El brazalete cayó al piso y éste tuvo que haber rodado lo suficiente hasta detenerse en algún lado. Es más,* continuó meditando, *el pavimento de los pasillos no tiene una superficie muy lisa y presenta varios bordos y protuberancias.* Don Carlos hacía verdaderos esfuerzos con su mente. Obligándola a trabajar. Casi aseguraba que el brazalete volvió a levantarse por el mismo impulso que llevaba desde que se desprendió del brazo de la mujer. Y luego tuvo que haber rodado lo suficiente, quizá unos cuantos metros más allá de lo calculado. Con esto en mente y concentrado en sus conjeturas, se dirigió hasta una de las bardas de la jardinera, distinguidas por lo bien podadas que se encontraban a buena distancia, pero que hacían vértice en una esquina. Y parado detrás de su potente lámpara, fijando la vista en el interior del enano arbusto, y… ¡ZAZ…! Allí estaba el tesoro. Al fin lo encontró. El brillo que reflejó el brazalete de oro al ser alumbrado por la lámpara lo delató. Tenía un centelleo impresionante.

Él había colocado el destello de luz debajo de la figura del arbusto y fue como entonces atisbó la hermosa pieza. Allí estaba, a su alcance, con toda su grandeza. Indudablemente la beldad sublime de la mujer que portaba esta joya acreditaba en creces la hermosura de la pieza que ahora lucía en sus manos. No era mentira, brillaba como la luna en la oscuridad. Apagó la lámpara y sin luz se percató de los destellos maravillosos de los diamantes, esmeraldas y zafiros en que se constituía. La alhaja terminó colgada de una ramita en el interior de la figura de ornato del extendido jardín, razón por la cual los aseadores y los mismos dueños no pudieron dar con ella.

Con excesiva moderación y meticulosidad se dispuso a observarla. Se incorporó muy lentamente a fin de apreciar el sorprendente objeto. Don Carlos nunca en su vida sostuvo algo tan valioso entre los dedos. Fijaba su atención en la constitución, configuración y armado del brazalete. En las hileras de joyas perfectamente alineadas. Los colores no se perturbaban en su acoplamiento. Las piedras preciosas ostentaban tanta belleza que era imposible encontrar un desperfecto. Se maravillaba de los cristales de diamante por su concordancia con el resto. Puntual composición oval con que estaban incrustadas formando la primera hilera, tal y como se lo había descrito Joan hacía unas horas. Las esmeraldas formaban la segunda hilera, piedras que parecían alargadas, formándose una detrás de la otra con el verde brillante de su fama portentosa. Y con extrema paciencia estudió la hilera de zafiros elegantemente engarzados en la tercera hilera, pulcra perfección sobre oro macizo, bien elaborado por joyeros de alta escuela, no podría haber sido de otra manera.

En general, una pieza compleja bastante costosa. De gemas muy apreciadas en el mundo de los minerales. Una selección muy sutil y delicada de montajes, que sólo una persona muy adinerada podría darse el lujo de adquirir de contado, porque esta pedrería tan bien trabajada definitivamente no se conseguiría a crédito. Ahora él la tenía en sus manos. Sabía que el destino de esta alhaja estaba bajo su potestad. Era su decisión. De aquí en adelante, lo que hiciera con la joya era de su entera responsabilidad.

La metió en la bolsa derecha de su saco y comenzó a caminar hacia la zona iluminada del restaurante. Con la vista levantada y sus ojos al frente buscó la claridad de los pasillos, alcanzándolos después de dar unos veinticinco pasos. Al mismo tiempo volteaba hacia todas partes, examinaba en los ojos de los meseros para ver si éstos sospechaban que él llevaba todo un tesoro extraviado hacía tan sólo escasas horas.

Sus ideas se amotinaron en la mente. Una revolución de intenciones lo retorcía. Una insurrección cuyo sentimiento delictuoso lo empujaba hacia orillas riesgosas. Hacia el crimen, el robo, el engaño. Pero había otra sublevación: la del honor, la responsabilidad y el amor propio. Decenas de razones encontradas se volcaron en su cerebro. Generaron acciones sobrepuestas en un entendimiento castigado por enormes necesidades. Un intelecto enajenado por el nerviosismo intenso y la sensación de ser señalado por todos, como si todos hubiesen sido enterados del extravío de la joya que ahora descansaba en el bolsillo de su saco. Porque eso sí estaba claro, nadie sabía de la pieza perdida. Sólo él y los dueños. Entonces… ¿de qué preocuparse?

Era la primera vez en sus sesenta años que tenía tanto dinero en sus manos. Si bien es cierto que el dinero no estaba en billetes, sí estaba en especie. El tesoro encontrado, como en este momento lo interpretaba, representaba un valor muy elevado que bien podía canjearse por dinero en efectivo. ¡Y por mucho dinero! Hizo conversiones del peso a dólares en cuestión de segundos, repitiendo varias veces la misma operación y llegaba a la infeliz conclusión de que era un mundo de billetes, nada más para él.

Era una tentación gigantescamente increíble.

Mentira millonaria

¿Qué podría comprar con todo este dinero? ¡Uf! Una multitud de cosas. O para decirlo mejor, una dosis desmedida de cosas. Cavilaba don Carlos: *El dinero que representa este brazalete no alcanza en mi mente una comprensión exacta con relación al "cuánto" tengo en la mano. Nunca le he puesto tantos ceros a una cifra. Es como tener una alberca en casa y no saber nadar. Es como tener quince dedos y sólo saber contar hasta el diez. Nunca en mi vida me acabaría este dinero, ni siquiera gastándolo diariamente de manera dispendiosa.*

Podría comprar una casa completa en una de las mejores colonias de la ciudad, como tantas veces lo imaginó en esos sueños que el hombre fabrica y conserva desde la infancia. Utopías grabadas en la imaginaria. Deseos platónicos dormidos, recuerdos de cuando de jovencito paseaba en hermosas y aseadas calles de conjuntos residenciales de exacerbado lujo. Un nivel social que no estaba presupuestado en sus ambiciones naturales. Fachadas de casas lujosas en colonias pomposas, con extenso y lúcido jardín al frente, y cochera doble para guardar los carros.

También podría comprarse un elegante comedor, hacía mucho que en casa necesitaban urgentemente de uno. Se le vino a la memoria la irremediable imagen de las sillas que mostraban el desgaste y la tela de los cojines muy carcomida. En la actualidad usaban un antecomedor que hacía las funciones de todo para la familia. Igual de necesaria era una recámara. Pero una recámara de verdad, fantaseaba don Carlos, con su espejo kilométrico sobre la pulida cómoda. Sus dos cajoneras a los lados y un par de lámparas anunciando la entrada de los reyes de la casa a ocupar los aposentos sacrosantos del matrimonio. Una recámara como esa les vendría como anillo al dedo. ¡Pero qué barbaridad! Alcanzaba para eso y más. Con esa cantidad de dinero bien podría amueblar la casa entera. Incluso le sobraría para cambiar el modelo de su coche. Tanto que añoraba manejar un buen vehículo, recién salido de la agencia. Por lo menos un carro que estuviese en mejores condiciones. El signo de pesos timbraba alocadamente en esa cabeza alborotada por las miles de apariciones e ilusiones, tantas que no sabía cómo darles fin.

El centro del restaurante estaba totalmente iluminado y, en efecto, vio que la mesa antes ocupada por la dichosa pareja de amantes estaba libre. Se habían despedido de él. ¿Por qué preocuparse? No le verían con la pulsera en la mano, ellos no imaginaban que la búsqueda tuvo un feliz desenlace. Trató de concentrarse para comprender y entender que estaba solo en todo esto. Pensó en Joan y en su rostro, también en la forma en que se dirigió hacia él cuando le imploró, al punto del desconsuelo, que por favor no desistiera en sus intenciones e hiciera un gran esfuerzo para encontrar la alhaja. Que no desmayara en su objetivo; de hecho, le dijo que premiaría su empeño porque para ella el brazalete simbolizaba un prominente valor emocional. Tampoco se le olvidaba su figura y el hechizo de sus ojos grises, los cuales acapararon su atención desde el primer momento en que la vio. Imaginaba que ella sufría terriblemente por no tener el brazalete consigo, que no podría conciliar el sueño durante mucho tiempo. Consideraba que tal vez en ese momento la mujer se debatía en llanto, junto a su güerito, por causa de su mala fortuna o de su tremenda distracción. Por la ligereza que mostró para lucir una pulsera de insuperable precio, regalo especial de su pareja, quien no escatimaba para demostrarle su cariño. Por comportarse tan trivial y exponer una joya costosísima rompiendo una piñata.

El conductor del grupo de turistas regresó al umbral del restaurante. Desde allí contempló nuevamente la quietud del enorme jardín bellamente cuidado. Redondeó la oscuridad con la mirada, distinguía los perfiles de las bardas y el contorno de los árboles, se concientizó del silencio absoluto. Caminó otra vez hacia la profundidad de su embeleso para ser invitado por la nocturna paz en que se revestía la penumbra. Olvidarse un tanto de los comensales. Quería estar consigo mismo, sin que nada ni nadie lo estorbara. Luchando contra esa fuerza lineal de sus pensamientos, para enfrentarse libremente a ese antagonismo perenne entre el querer ser y el deber ser. Comparándose con el que realmente se es. Y que la diferencia, en este caso, la establecen el ayer y el mañana. El tiempo y la distancia, los principios y las finalidades. Volvió a meterse la mano en el bolsillo para palpar el objeto de su inquietud. Cómo quería recurrir a su esposa en estos momentos, para que ella lo ayudara a dilucidar entre el bien y el mal. Sabía que vendiendo esta pieza saldría de los eternos problemas económicos, viejos y odiosos, porque de tanto tratarlos se cocieron en la mente hasta ser parte de su conciencia. Eran un recuerdo inolvidable en la mitad de su equipaje, que aparecían en cada viaje que realizaba. Veía paisajes nuevos o renovados, pero su casa nunca cambiaba. Al llegar siempre encontraba los mismos muebles. Era testigo de cambios en la caprichosa naturaleza. Visitaba países y lugares subyugantes, conocía climas y geografías fuera de serie, pero en su casa todo era siempre igual. Y sus deudas las mismas. Eran tan uniformemente viejas que, llegado un día de esos en que la madurez florece, ya no le causaba pena verlas y sentirlas como elementos tatuados en su vida, aprendiendo a llevarlas y tratarlas de la mejor manera posible. Aquí y ahora estaba la solución a sus conflictos. A la constante reflexión de su pasado, a ese análisis sempiterno del ayer. La solución a la nula posesión de cosas terrenales, a la conclusión de la culpabilidad eterna de su Yo colmado de remordimientos. Aquí y ahora estaba su salvación.

Él conocía el medio fabril de la joyería. En sus años mozos rodó en la periferia laboral de las joyerías y platerías. Alguna vez fue dueño de un taller, haciéndose experto en el montaje y desmontaje de piezas para modificar la apariencia de joyas en cuestión. Sabía cómo y dónde vender este conjunto de gemas únicas y envidiables. Conoció el mercado negro de este tipo de negocios cuando tuvo el suyo en Acapulco y en Taxco, y también en las calles aledañas al zócalo de la Ciudad de México. De todo esto ya habían pasado más de una veintena de años. Lástima que de ese negocio no quedara nada, sólo el recuerdo de lo que gastó en mujeres y parrandas que escondió en los rincones del ayer; aunque los conocimientos del trabajo, los procesos y la transformación de los materiales estaba perfectamente inscrita en su memoria. Conocía el tratamiento, fundición, ajuste y empalme de piedras preciosas, así como las labores de incrustación en los perfiles metálicos.

Por supuesto que no trataría de vender esta extraordinaria joya en cualquier comercio, si es que decidía hacer eso. No era tan infantil y cándido para declararse culpable por su misma ignorancia al respecto. Le harían muchas preguntas a las que no tendría respuesta. Además, quien la comprara tendría la enorme dificultad de disponer de efectivo. Y no iba a ser tan fácil hacerse rápidamente de millones de pesos, para darlos en una sola presentación, en caso de encontrarse rápido con un interesado en adquirirla. Nadie soltaría el dinero así como así. Y mucho menos a un fulano que traía una joya carísima, sin el amparo legal de una factura que avalara su procedencia. Incluso con todos esos problemas, don Carlos sabría sortear este tipo de obstáculos. Y comenzó con sus conjeturas.

El medio le era conocido, el método seguro era llevar la alhaja con un amigo joyero y que éste hiciese su trabajo de desmontaje y fundición hasta hacer que la pieza original desapareciese completamente. Crear otra o vender sus partes, para obtener la ganancia calculada. La otra idea era localizar a un maestro en la materia, cuestión que a él no se le dificultaría, e iniciar un proceso un tanto laborioso, pero seguro, con el brazalete. Es decir, darle una nueva forma reestructurando sus fracciones diminutas. Planear escrupulosamente un matiz diferente, de cara a la superficie de la joya. Otra idea en su cabeza loca era desbaratarla él mismo. Extirpando sus piezas y fabricando otras, como anillos, aretes, cadenas y figurillas. Al fin y al cabo, el número de piedras incrustadas en el ancho del brazalete le facilitaba la espinosa tarea. Para terminar con sus hipótesis, contrataría a un joyero pirata, que sobraban en el bajo mundo, para que la vendiese al mejor postor sin que él metiera las manos para nada. Pero bueno, se desgastaba en sus presuposiciones sin llegar a definir con certeza lo que haría.

La conciencia de don Carlos, sin embargo, le acicateaba con otro tipo de pensamientos fuera del contexto de la ambición y el recato. Nunca había robado nada. No envolvía sus razones de pertenencia sobre valores ajenos. Rezaba en su doctrina individual que la premeditación, alevosía y ventaja en la planeación y ejecución de un robo requiere que un individuo renuncie a sus valores, o, a sus principios, si es que los tiene, o quizás no tenga ni la vergüenza entre su bagaje de inicua moralidad. Y que su filosofía de la vida brille por su ausencia. Es decir, un ser que todo le valga madres.

En los quehaceres cotidianos de don Carlos, todo lo obtenido hasta ahora era fruto de su esfuerzo personal. Del calor apasionado a su trabajo. Del sudor de su frente. Y lo único que faltaba para caer en lo más bajo de su existencia, era tomar algo que no le pertenecía. Siempre pensaba que robar era la mayor degradación de una persona. Perder el sentido de la probidad y honestidad, virtud del virtuoso, dejando a un lado sus lineamientos morales rectos, que hasta ahora abanderaban su orgullo moral, sería exponer su inquebrantable rectitud e integridad a lo más abyecto de sus actos como hombre. Estaba a un hilo de sucumbir por una ambición impensada. Aunque podría justificar su innoble proceder por la urgente necesidad de proveer a los suyos. De cobrarle a la vida lo que sentía que le debía. Allanar sus carencias bajo el telón de una defendida mascarada. Tronar los dedos y hacer aparecer una frescura a las limitaciones hogareñas.

A su vez se fustigaba en sus introspecciones. *No quiero hacerme de dinero indebido, ni quiero que éste se metalice en las pertenencias de mi hogar. Sería ignominioso engendrar una opulencia insospechada a mi familia, a costa de alimentarla con dinero mal habido.* Y es que la cantidad de dinero a materializar era todo un embrollo. Haría temblar la integridad y entereza de cualquier individuo, no sólo la de un hombre hecho y derecho como don Carlos.

De verdad luchaba consigo mismo.

La contienda estaba entre su pasado y su presente. *Para ganar esa batalla hay que luchar contra uno mismo. Para llegar a ser el que quiere uno ser, hay que combatir al que ya se es.* Y él, que sabía lo que era y lo que quería ser en este aciago momento, se sentía con la capacidad de imponer su propia voluntad a cualquier otra intención que pretendiera modificarlo.

Sin ser nada quisquilloso, aconsejaba a sus hijos anteponiéndose como ejemplo. Con la frente muy amplia e inflexible integridad. Tenía que salir a flote una vez más, como ya lo había hecho en otras ocasiones. No estaba dispuesto a abandonar sus principios ni valores por el importe exorbitante de una joya. Sí, es cierto, era una estupenda alhaja, tan atractiva como para hacer perder la vertical al más fuerte. La particularidad de la pieza en oro era capaz de convertir al acero en frágil aluminio. Y él era un simple mortal de carne y hueso en busca de una solución extemporánea para sus bienes ansiados.

¿Por qué no dejar fuera la ejemplificada imagen en esta única ocasión? Un ser humano está atestado de errores. Inclusive los comete con repetición consabida. Gentes que tropiezan con la misma piedra. Al esbozarlo le temblaban las piernas. Sus ideas lo confundían con el deseo de dar por perdida la pieza. Qué gran deseo para su minucia. Pensó: *De todos modos, ellos ya la dan por perdida.*

Evocó la recia personalidad de Mr. Harryed. Un tipo portentosamente seguro de sí mismo, de apariencia invulnerable, en el momento en que él fuera a buscarlo para decirle: «Oiga míster, figúrese que no pude hallar su brazalete, lo busqué durante toda la noche y por todos los sitios, pero no tuve suerte». «¡No se preocupe don Carlos! No pasa nada», diría, «sólo le pediré de favor que me firme este papelito para apoyarme en él y atestiguar junto a su testimonio, que efectivamente el brazalete se extravió en los jardines de este hotel, por un descuido insolente de mi compañera. ¿Cómo ve?», expresaría al tiempo en que exhibía esa sonrisa despreocupada y tranquila de quien se sabe todopoderoso, de quien no le apura en lo mínimo perder miles de dólares, cuando a cambio obtiene la juventud veinteañera y lozana de la escultural Joan. Por una beldad como ella bien valía la pena reponer con otra compra el inocente despiste femenino. Ella, con su auxilio delicado y suave de dama de mundo, lo premiaría con besos, sexo, caricias, entrega y pasión sin cortapisas. Con eso bastaría, sería suficiente para aquel hombre, se sentiría bien pagado y correspondido.

Se le vinieron a la mente sugestivos rumores que había recogido de aquí y de allá provenientes del grupo. Que el Harryed famoso era dueño de varias empresas fabricantes de equipos y accesorios para aviones de gran envergadura. También corría la voz de que estaba involucrado en la fabricación de instrumentos de navegación. Mecanismos y dispositivos que permiten conocer la velocidad, posición y altura del avión, así como de equipamiento para el control de los motores, como indicadores de temperatura del aceite, de presión y compresión, vitales para vigilar desde el tablero el vuelo seguro de los aviones. Un empresario de esta magnitud de hecho deseaba pasar inadvertido, insospechado, entre un grupo de turistas de mediana estatura económica, de escasos conocimientos de gente grande, desinformados de esta clase de ejecutivos, cuyos movimientos de sus riquezas corporativas podrían sumar cantidades de dinero estratosféricas. Señores familiarizados con la realización de transacciones o transferencias bancarias o fiduciarias, dentro del ámbito bursátil, siempre en operaciones de carácter económico de alta esfera empresarial. Por lo que llevar a una joven compañera a su lado, pasearse a sus anchas con ella, en esas condiciones, no aparentaba ningún temor.

El tiburón gozaba de su mojarra. En esa y otras introspecciones se apoyaba don Carlos para subrayar que el discreto acaudalado precisamente lo que menos deseaba era exponer su verdadera personalidad, en un asunto que, creciendo, llegaría a convertirse en policiaco, o noticia de periódico, si se denunciara abiertamente la pérdida de su millonario brazalete. No se arriesgaría a un escándalo periodístico. Por eso es que él había subrayado con antelación: «Don Carlos, si no lo encuentra no se preocupe, la pieza está asegurada». *En todo caso,* pensaba él, *quien estaría en una encrucijada, era el míster.*

Por tanto, tenía dos caminos a escoger aquí y ahora. Darle brillo a su honestidad, o reabrir su pasado tortuoso y pecar de ladrón. Volver a las andadas. "La gloria o el infierno". Entendía también que todos estos pensamientos y divagaciones eran cálculos meramente apasionados y artificiosos sobre la evidente conducta de los protagónicos amantes.

Transcurridas tres horas desde el encuentro con la joya, aún estaba indeciso. Su reputación y fama excelsa de hombre honrado hasta aquí llegaba. Se avergonzaba al humanizarse como ladrón. Su amor propio, dignidad y lealtad, las consideraba parte de su hombría. Limpio de manos, decente, respetable, admirado por sus compañeros. Le era imposible echar por la borda todos esos calificativos que lo subrayaban, con polarizada exaltación, entre el gremio nacional de los guías de turistas. Pensó en sus hijos y su señora esposa que pacientemente lo esperaban en casa. Con las sonrisas abiertas, francas y la alegría de ver de nuevo al "papá" llegar de un prolongado viaje de negocios. Con ese abrazo acostumbrado y la palabra de bienvenida a su regreso. Aunque también era incuestionable que lo aguardaban porque él representaba el único sostén económico para el hogar. Nadie más aportaba para equilibrar la economía familiar.

A decir verdad, él nunca pensó ni tenía por qué pensarlo, pero su papel en casa era interpretado como el signo de pesos al llegar de la chamba. Y si alguna ocasión le cruzó por la mente esta inusual sospecha, rápidamente se desembarazó de ella, porque prefería auto titularse como proveedor en su encargo insoslayable de padre de familia. Y qué padre en la vida no hace lo mismo por sus hijos. Para él, la familia le inspiraba un sentimiento puramente amoroso, de entrega total, con cariño absoluto, sin interés material. Algo totalmente suyo y de un valor insuperable por sobre todas las cosas del mundo. La familia era su primera instancia en la tabla de valores de esta sociedad deshumanizada. Porque la familia simboliza al grupo y al individuo. A la formación y al crecimiento. Porque representa la unión y el amor en conjunto. Porque son signos vitales del crecimiento común. Porque la familia es el común denominador de un pueblo, donde deben reinar el equilibrio y la cordura. Don Carlos amaba solemnemente a los suyos. Captaba en los ojos de sus hijos esa admiración por su desempeño como padre. La vehemencia que su señora esposa le prodigaba cuando él la llenaba de consejos sin arrancarle la raíz de sus creencias.

¿Qué pensarían sus hijos al enterarse de que su padre consiguió comprar sala, recámara, televisor y coche, a cambio de haber robado a una pareja sentimental que le depositó su confianza? No es mérito alguno oír a sus vástagos: «Qué mal ejemplo de mi padre», diría el mayor a sus hermanos menores. *¿Cómo corregir a sus hijos si él era incorregible? ¡De tal palo tal astilla! ¿Qué hacer, qué hacer?* Seguía cavilando el veterano guía, entregado a su incontinencia infractora.

Ya había deliberado bastante. Estaba agotado de tanto sumirse en sus adentros, como si fuese una olla de presión. Decidió entregar la pieza. No quiso ver ni estudiar otra alternativa. Se inclinaba por el sendero correcto. Conservar su rectitud inquebrantable, infranqueable. Tomó el rumbo hacia la habitación de los quejosos, pensando con firmeza que ambos estarían sumamente preocupados, de verdad compungidos por la intempestiva pérdida de algo tan valioso. Entregar este objeto millonario significaba ganarse un trofeo, iba a realizar una buena acción sin duda. No iba a fallarle a Mr. Harryed cuando le depositó toda su confianza a través de su inquisitiva inspección. Claro que no lo defraudaría. Al fin y al cabo, supuso, *si esta pieza que entregaré posee un valor altísimo, la propina deberá ser envidiable. Con eso tendré que conformarme. Así estará mejor y me sentiré más satisfecho. Sí señor. La pieza dorada la entregaré completa y en las manos, como debe ser.*

Mr. Harryed y la bella Joan no podrían quedarse cruzados de brazos, mientras un pobre diablo como yo lucha entre la gloria o el infierno por unos miles de dólares. Algo me dará, replicaba don Carlos impulsándose positivamente. *Ellos se obligarán a gratificar la excelsa retribución de la joya. Tan claro como el agua.* Su probidad e integridad tendría que ser definitivamente recompensada. No podría ser de otro modo. *Este brazalete vale demasiado.*

La verdad es que don Carlos trataba de curarse en salud. No quería errar o pecar, que para el caso era lo mismo, según su ideología. Pero sí beneficiarse sacando provecho de lo que consideraba un error humano. Quería salir limpio del lodazal de sus pensamientos. Por lo que lo decoroso de su justicia lo ensamblaba a la gratificación. Por otra parte, la fe en sus principios y la férrea verticalidad que se había ganado como hombre le negaban el derecho de agenciarse de modo indebido esa pieza. Él mismo pensaba que si tomaba el brazalete no dormiría tranquilo el resto de su vida. Las pesadillas no lo dejarían en paz. Estaba en juego el sueño apacible y la paz de su reposo semanal. Le resultaría absurdo apoyarse en su ejemplo para llamar la atención de sus hijos. Es decir, resultaba más poderosa la imagen paternal y el sentimiento de saberse líder basado en la justicia que llenarse los bolsillos de dinero execrable.

Llegó hasta el umbral de la habitación correspondiente. Pegó la oreja a la puerta y trató de escuchar algo del otro lado, pero no percibía sonido alguno. No escuchaba llanto, ni gritos, ni siquiera una conversación acalorada. Despegó su rostro de la puerta y volteó hacia la izquierda e inmediatamente después a la derecha sin ver a nadie en los pasillos. Se retiró de la misma y reiteró en sus razonamientos que sin duda la decisión tomada era la mejor. Pero la tormenta regresaba, deduciendo que si nadie se había enterado de la fortuna que traía en la bolsa de su saco nadie lo veía con el brazalete. Le asaltó de nuevo la incertidumbre. Estaba cierto, nadie lo vio cuando lo encontró. Solamente él sabía que lo tenía. Él era dueño de todo. ¿Dueño de qué? ¡Dueño de nada! Nadie lo había seguido en el paso de las horas nocturnas, ninguna persona se acercó desde entonces para preguntarle algo sobre los detalles del hospedaje o relacionado con las tareas del día de mañana. Todavía podía zafarse. Estaba muy a tiempo para corregir esa brújula odiosa que siempre lo llevaba a la misma dirección. *¡Sólo esta vez!, era preciso desviarse,* gritaban sus adentros, *¡sólo una vez! ¿Por qué no elegir por esta ocasión otra opción?*

Paralizado como una momia en el pasillo licuaba sus intenciones y motivos, como si estuviera dándole el último repaso a la tarea. *¡Quédate con el brazalete!,* repetían sus voces internas. Podría argumentar que no lo había hallado a pesar de haberse esforzado. Cualquiera pudo haberlo hallado. Alguien del mismo grupo. ¿Qué haría otra persona en su lugar? Quedarse con ella, además de callar su hallazgo. ¿Lo habría regresado? Don Carlos sabía que no. Nadie en su juicio, regresaría una pieza de oro con piedras preciosas, aunque poco o nada supiera del metal descubierto. Se dio cuenta de que todavía no consolidaba su decisión y se mostró más dubitativo que nunca. Presentía que, si alguien le miraba directamente al rostro, sus ojos delatarían su escondrijo mentiroso. Todo por guardar una vil mentira. Sí, pero, una mentira millonaria capaz de envolver cualquier tipo de verdad justificada.

Y las manecillas del reloj seguían deambulando en su noctámbula cruda.

A la familia no tenía por qué enterarla de su aventura. De este angosto y angustiante pasillo de sensaciones. A casa llegaría tan campante como cualquier otro día después de un largo viaje, sin más noticias que las de siempre. Y respecto a la venta del brazalete, la manejaría completamente aparte. Sería un secreto de ultratumba. Conocía gente de sobra que trabajaba el oro y la plata con verdadera habilidad. Sabía de técnicos plateros capaces de transformar y rediseñar esta incomparable joya. Para venderla se haría de una factura apócrifa de algún negocio del ramo con el propósito de enganchar al comprador. Resultaría sencillo, fácil, nada más era cuestión de decidirse. Se apartó de la puerta y se dirigió hacia las escaleras que se ubicaban al final del pasillo, con los ojos perdidos y la barbilla sumida, alargando el tormento de su pesadilla. Había estado al pie de la puerta y no tuvo el coraje de tocarla. Interrogaba insistentemente a su conciencia preguntándole si ésta no lo martirizaría lo que le restaba por vivir. Sabedor de que la mente castiga permeando al presente con pasajes fastidiosos del pasado. Esa conciencia que nada olvida, que nada borra, que subraya el pretérito con mayúscula importancia, que graba acciones en la máquina del tiempo, atormentando el presente.

Bajó las escaleras muy despacio, pisando la alfombra roja y afelpada. En cada huella en que su pie se apoyaba dejaba todo el peso de su cuerpo sumiéndose en esa superficie de tela trabajada. Aunque la carga mayor la soportaba en sus adentros, sentía su cuerpo como la piedra inamovible del yermo desierto. Seguir el camino de la verdad o marcar un nuevo destino a través de una flagrante mentira. Porque eso era lo que tendría que decirles a todos para acreditar la inesperada abundancia. Sin pensarlo, se quedó parado en el último escalón, con las manos metidas en los bolsillos y recargándose en la pared tapizada, a tan solo unos metros de distancia del reloj que marcó las cuatro de la mañana.

El tiempo había volado en su recóndita introspección y él todavía sin lograr digerir sus cavilaciones, pensando que no debían existir concesiones de ninguna especie para dispensar posturas erróneas, equivocadas. No hay mentira que valga en este mundo. Imposible vender los ojos al hombre que sabe cuál es la verdad y la mentira cuando ya las respiró tantos años. Razonó que sus carencias no avalaban sus intenciones, hasta que al fin repuso:

Creo que más daño me haría si no entrego esta joya, que el que yo pudiera causar a los demás si me quedo con ella. Ahí se quedó, anclado al pie del hermoso jardín oscuro y solitario.

Después de horas de revolverse entre lo que se quiere y se debe, volvió a cambiar de parecer y, con paso seguro y firme, regresó nuevamente a las escaleras e ingresó al pasillo definitivamente convencido de su propósito para resolver de una vez por todas la terrible disyuntiva. Estaba resuelto, decidió regresar el brazalete a pesar de todas sus carencias manifiestas. No tenía por qué cambiar de rumbo. También resolvió con extrema cordura no ponerle un precio a su dignidad varonil en relación con la supuesta propina. Y tampoco a la devolución abnegada. Ya no era su problema. Era el de ellos, en todo caso, otorgar una recompensa si lo consideraban conveniente. La entregaría y punto, se acabó.

Los nudillos sobre la puerta rompieron el silencio madrugador. Mr. Harryed tardaba en abrir, pero en el rostro de don Carlos ya se abría la prudencia notándose muy seguro de sí mismo. Con la mirada fija en la cerradura, estaba listo para enfrentar con todo el ánimo posible a la figura de quien apareciera al abrirse la puerta de la habitación. Sus nudillos volvieron a hacer ruido, pero esta vez del otro lado se oyeron las pisadas que sobre la madera anunciaban su aproximación a la puerta. Tras ésta se escuchó el golpeteo de otra puerta en el interior, percibiendo la voz de Joan de manera muy suave. Además, advirtió una música leve que llegó a sus oídos para recordarle que esas notas generalmente señalan momentos muy románticos, pero por fin, ahí estaba el dueño y señor del brazalete. Por cierto, abrió la puerta con mucha energía, como si estuviera molesto por habérsele interrumpido en su privacidad inviolable. También era evidente que Mr. Harryed no había dormido. Estaba en pleno estado de ebriedad. Totalmente borracho.

—Disculpe la molestia, míster —inició don Carlos su monólogo en perfecto inglés—, yo sé que son más allá de las cuatro de la mañana, pero no me quedaba otro remedio, en vista de que le tengo una muy buena noticia que le agradará mucho.

El extranjero miró muy apesadumbrado la silueta del jefe de grupo de turismo quien ya acusaba una barba incipiente por encima de su cuello e impecable corbata. Efectivamente Mr. Harryed se mostró molesto por haber sido perturbado, aunque observó, al tiempo que parecía perder el equilibrio, que la presencia de don Carlos en plena madrugada debía tener carácter de urgencia.

—Espero que la noticia que me tiene corresponda a la inexplicable interrupción de mi sueño a esta hora —balbuceó mentiroso en un inglés diarreico—, porque de no ser así, me molestaré con usted —agregó furioso.

Don Carlos se acomodó las hombreras de su saco verde obscuro, que hacía juego con su pantalón negro, camisa blanca y corbata a rayas diagonales, y respondió con aplomo:

—Después de haber buscado afanosamente en cada rincón del ancho jardín, y hacerme el propósito de quedar bien con ustedes, tengo la satisfacción de decirle que encontré el brazalete que la señorita Joan extravió cuando se efectuó la fiesta en el patio. —dicho esto, extendió a su máxima expresión el brazo hacia Mr. Harryed mostrando toda la belleza del brazalete—. Aquí está, mírelo usted mismo.

Don Carlos hizo bailar frente a los ojos beodos del güero la destellante belleza del oro. Al mismo tiempo que mostraba una sonrisa radiante, llena de orgullo y satisfacción personal por el hallazgo, por tomar la decisión que debía y por entregar a su dueño el millonario objeto de su desvelo.

En ese momento Joan se acercó a la puerta casi corriendo. Al oír todo esto le preguntó asombrada, también en un inglés torcido por los tragos de alcohol, sin poder fingir sus gestos:

—Don Carlos, ¿encontró mi brazalete? ¡Qué bueno! Eso sí es una magnífica noticia. Me da tanto gusto tenerla conmigo nuevamente. *Thank you so much, Mr. Charlie!*

Hasta ese momento éste se desprendió de la joya y la entregó en las finas manos de Joan, quien denotaba, igual que su pareja, la embriaguez en su andar. Conducirse fue difícil, pues para llegar hasta la puerta tuvo que apoyarse varias veces en la extensión de las paredes.

Don Carlos no pudo evitar mirarla con asombro e inusitado placer. Había salido hasta la puerta poco menos que desnuda. El camisón diminuto, que apenas llegaba al nacimiento de sus piernas como tallos de flores encendidas, dejaba entrever dos senos perfectamente erguidos en su hermosa naturaleza. Ofrecía sus piernas descubiertas en toda su vastedad, como si fueran de mármol exquisito, las cuales salían desde una diminuta tanga del mismo transparente de su atrevido camisón. *¡Qué madonna!*

Al recibir la joya y palparla entre los dedos, su rostro fue presa de evidente agitación. El asombro fue exponencial. Fue cuando ella le regaló a don Carlos un nimio beso en la mejilla y regresó tan lentamente como pudo al interior de su habitación, besando las orillas del brazalete y perdiéndose para siempre de la vista del jefe de grupo de turistas de ese viaje.

Mr. Harryed se apoyaba de la perilla de la puerta habiendo sido testigo de todos estos momentos inesperados, mientras que con una gran sonrisa contemplaba la juvenil reacción de su compañera. Entonces volteó hacia el mexicano que tenía enfrente transformando su rostro. Adoptando una postura severa se dirigió hacia don Carlos:

—Le agradezco mucho el que se haya molestado con todo esto. Joan ya la daba por perdida. Inclusive, para ser honesto, la habíamos reportado como pérdida total a la compañía de seguros, para así empezar a negociar su reposición en la que, sin duda, el deducible iba a salir exagerado. Muchas gracias de todos modos —volvió a manifestarse agradecido el rubio alcoholizado—. Estoy muy complacido con sus atenciones y nunca olvidaré este gesto de su parte. Mañana lo veré.

Inmediatamente después cerró la puerta dejando a don Carlos parado como una estatua de hielo. En completo estado de perplejidad.

Verdad o Mentira

Don Carlos se sintió inmensamente solo, como un satélite lanzado al espacio sideral. Un insecto en ese pasillo interminable, tan largo, que su voluntad tuvo que hacer un sobreesfuerzo para ponerse en marcha nuevamente. Aunque la soledad sentida no estaba únicamente limitada por ese espacio físico, sino más bien, por la imposibilidad de comunicarse con su yo interno, tal y como él llamaba a su conciencia. Sus respuestas quedaron enterradas en un campo minado. Todo era confusión. Luchaba con su intelecto para demostrarse que, en apoyo a su verdad, había procedido en lo correcto. Efectivamente, le cerraron la puerta sin preámbulos. Una respuesta sorda sin significado. Colocándolo, de hecho, en una situación desconcertante, incluso ridículamente vergonzosa en cuanto a la osadía sin conquistar. Su sobrecargado análisis nocturno se resistía a aceptar el desafortunado desenlace. No atinaba a ubicar si eran positivas o negativas sus consecuencias. Le costó trabajo bajar las escaleras pensando en lo qué haría más adelante, una vez que pasara todo este maremágnum de desafortunados incidentes.

Llegó hasta la recepción del hotel y pidió en forma autómata las llaves de su habitación. Al ingresar buscó de inmediato el frigobar, se preparó una bebida con bastante hielo y casi se la empinó toda de un solo trago. Poco a poco comenzó a revivir las cosas en su mente, de un modo tranquilo y sereno, sin que por sus vísceras dejara de sentir un calor tan agobiante que le quemaba los intestinos. Se tiró en la cama, acomodó las dos almohadas que vio primero y sobre ellas se recostó mirando hacia el techo, sintiendo que la sangre le hervía en las venas. El aparato de aire acondicionado funcionaba perfecto. El silencio permitía escuchar el rompimiento del aire en las paredes de la habitación. Don Carlos podía armonizar su respiración con el ritmo que mantenía el clima encendido y le daba un confort especial a su existencia en ese momento tan reflexivo y poco común. Llorar no quería, pero sentía que en cualquier momento algo lo provocaría. Se tomó otro trago y otro.

Recordó cómo Mr. Harryed le cerró la puerta en las narices. *¡Qué modos, Dios mío, qué modos! Hubiera querido que me agradeciera, que se hubiese comportado de una manera distinta, una sorpresiva sonrisa, un abrazo de felicitación, una palabra, un motivo, algo que estimulara mi actitud. ¿Dónde está la gratitud de la gente? Nada le costaba haberme dado una propina, algo que dignificara mi honestidad. Premiar mi rectitud como jefe de grupo que soy. En fin, por lo menos tener un gesto honorable y leal de recompensa. Y la verdad es que me siento traicionado. Ahora no me queda más que hacer mi maleta y mandar todo esto al carajo. Mi proceder fue maltratado por ese fulano. Ni modo. Pude haberle dicho en ese momento hasta de lo que se iba a morir, pero ni de eso me quedaron ganas.* A don Carlos de verdad le dolía la reacción robótica de un tipo que parecía tener toda la sensatez en sus años viejos. Bien dicen, las apariencias engañan.

Don Carlos esperaba todo, menos ese despectivo desplante, y en su rincón sentimental sentía como si lo hubieran descalabrado. Literalmente los acontecimientos rebasaron sus expectativas. No saberse glorificado desvaneció su ego. La gloria no siempre aparece cuando se hace el bien. Cualquier otra persona que hubiese hallado el brazalete y conociendo los antecedentes de los dueños de la pieza, no lo hubiese entregado. Seguro estaba de esa situación. En cambio, él fue íntegramente respetuoso y probo con la pareja de extranjeros. Si bien es cierto que tenía una obligación para con ellos, ésta solamente se limitaba a procurarles un viaje placentero y sin problemas. De ningún modo sus deberes se circunscribían al cuidado de sus objetos personales. Su gesto fue un valor agregado a la facultad de ser hombre. Y él había actuado honestamente; aunque más que todo, con la verdad cobijada por sus principios.

Esa verdad que hacía tres o cuatro lustros lucía revistiéndolo como una persona de bien. Pero si se hubiese quedado con la joya, los valores agregados presumidos, hubiesen sido ruinosamente calificados como una mentira. Y esa era justo la concepción defensora de su actitud en la cabeza de don Carlos. Incluso, repentinamente alcanzó a dilucidar un gran poema, que habla de la verdad o mentira con que se cobija el ser humano.

Verdad o Mentira

Porque es bien cierto que la mentira genera engaño,
aunque también es cierto que la verdad irrita, violenta.
La verdad es crudeza, dolor, realidad;
la mentira es confusión, ilusión, falsedad.
Habría que cuestionar en qué estado se encuentra el hombre.

La verdad es el aire, el agua, la naturaleza.
La mentira, lo que dice el hombre que hace de ellos.
La verdad es la vida del hombre.
La mentira es cuando el hombre transforma la vida en su favor,
por eso le irrita conocer la verdad.

La verdad es que el hombre vive en el error,
por eso existe la mentira,
¿verdad?

Parecía el acusado en un salón donde el jurado deliberaba su proceder. *Se culpa a don Carlos por haber declinado a tener la oportunidad de robar, de ser ladrón. Es culposo el escrúpulo estúpido e inamovible con que actuó, para quedarse con las manos vacías y con la mente cruda.* No solamente esta idea cruzaba su aguda tristeza, quería encontrar los calificativos exactos para justificar su actitud ante Mr. Harryed. Recordó entonces un libro de carácter filosófico que tuvo hace tiempo entre sus manos, en uno de esos viajes que realizaba constantemente y que ahora lo insinuaba su memoria, para subrayar lo que ahí se narraba: *"La verdad es la verdad, cuando es verdad para todos. Una verdad que le pertenece a un solo hombre no es verdad, porque la verdad es colectiva, no la de un individuo si no logra convencer a los demás de ella. Y esto era suficiente para saber que hay leyes que impone y juzga la sociedad, algunas que se ven mal y otras que se penalizan con la observación jurídica".* Por tanto, don Carlos ejecutó un ejercicio de buena fe que la sociedad en la historia juzgaría, pero que fue apegada a los conceptos de un credo particular.

Sin poder conciliar el sueño y dejando correr el paso de la madrugada, no quiso dejar de beber hasta que el sol entró por la ventana. La vida le acababa de poner otro tropiezo. A ratos pensaba que había sido una oportunidad no aprovechada, pero después lo manejaba como una prueba adicional a su intachable lealtad y gallardía. Hasta entonces perdió el miedo y redimensionó lo que pudo haber hecho con el brazalete. Ya sin presiones y con toda paciencia examinaba sus actos desmesuradamente. Sin embargo, esa joya ya no la tenía consigo. Objeto de la escaramuza con su otro yo y con la verdad de sus adentros.

Él tatuaba en sus sentimientos una filosofía tan arraigada como el cigarrillo al fumador empedernido. Manejaba sus propósitos siempre pensando que obligadamente las acciones debieran viajar a la par con sus sentimientos. Trataba sus asuntos con pasión desmedida y señalaba los errores de otros para evitar cometerlos, por lo menos de manera consciente. Materialmente desfiguraba a aquella persona cuando le clarificaba desatinos axiomáticos, preguntándose muchas veces si éstos no se percataban de la conducta que exhibían ante los demás. *¿Cómo es posible que esos individuos no comprendan el grado de pendejismo que muestran?*, se sorprendía. En este caso, él tenía un concepto inalienable e intransferible del pendejismo. Palabra que utilizaba con alguna frecuencia, heredada de sus amigos, parientes y compañeros de trabajo. La usaba principalmente cuando estaba molesto por algo, para menospreciar y señalar una equivocación o desviación de algo que se hizo.

«Hay tres clases de pendejos en este mundo», citaba. «La personalizada, la automática y la analítica. Todo es cuestión de conocer en qué clasificación se encierra uno. Por ejemplo, aquella persona que realiza cualquier actividad y siente que de antemano va a fallar, presiente que va a quedar mal, que al perseguir determinado propósito seguro está de no lograrlo, le otorga personalidad a su calidad de pendejo, porque efectivamente las cosas le saldrán mal. Es decir, siente que ya todo el mundo lo conoce y lo vislumbra como tal, razón por la que su hándicap está dado en la rueda del destino como perdedor, popularizando su imagen a través de un apodo o sobrenombre, con el que será señalado comúnmente; y lo peor de todo, es que se acostumbrará a ser visto y tratado así, como pendejo personalizado».

Ahora bien, entre la gente muy chic, esta palabra casi no se usa. La mayoría aplica este mismo significado con la expresión clásica de idiota. Sin embargo, a él siempre le pareció que para emplear este vocablo común, debiera sentirse en un estado de ánimo pésimo y terrible. Definitivamente no le gustaba usar esa expresión, y según él se decía más con la otra.

Pero bueno, estando en esta vereda proseguía su pensamiento. El otro pendejo es el automatizado según la filosofía de don Carlos, que es justamente contraria a la anterior. Dicho de otro modo, es la persona que se autocalifica como el mejor de lo mejor. Que todo lo que realiza está perfectamente bien hecho. Lo que él dice o elabora, es la suprema autoridad, cuyos conocimientos son la máxima y absoluta expresión de la verdad, quien diga lo contrario es un pendejo, está mal. La característica de este pendejismo es que esta persona afirma que todo lo que él o ella hacen está muy bien, y lo que hacen los demás es cuestionable. Yo estoy bien, tú estás mal, es la condena de sus proverbios. Don Carlos agregaba que el colmo de estos seres humanos es que ni siquiera conocían en qué grado de pendejismo estaban ellos, para calificar a sus congéneres como tales. Es decir, este pendejo acaso no sabe ni siquiera cuánto es él pendejo. Sencillo, para esta persona todo lo que está fuera de su pensado entorno, está equivocado. Él es muy fregón y los demás son muy pendejos. ¡Pues qué pendejo!

La última clase de estos conceptos la encerraba en un paréntesis muy peculiar. La pendejez analítica. Es aquella posición que guarda el hombre o la mujer, en un punto determinado, de conocerse a sí mismo y saber hasta dónde es capaz de llegar correctamente a realizar una tarea. Es el individuo que por fortuna reconoce su capacidad y habilidad de ser y tener, para proyectar ciertas cosas o fijar metas que sabe puede alcanzar. Significa que este sabio pendejo analítico comprende y presume que tiene un grado indeterminado de imperfección humana, por lo que trata de no rebasar sus límites, haciendo paradas prudentes en el andén de su cordura, por el temor de llegar a ser un perfecto pendejo. De manera que esta persona es congruente, comprensiva y analítica con el entorno en donde se desenvuelve. Camina despacio porque sabe que correr representa un alto riesgo en su camino. No siempre el que camina más rápido llega primero. En suma, esta clase de pendejo sabe dónde está parado, conoce sus fronteras y limitaciones, aunque también es capaz de decir: «Hasta aquí entiendo, más allá, soy un pendejo, porque lo desconozco».

Desglosada su manera de visualizar al hombre de su medio y alcance como humano, desarrollaba sus análisis tratando de no caer en sus mismos calificativos. Imaginaba entonces a sus amigos en su profesión. Afirmaba que existen verdaderos guías de turistas profesionales que estudian su materia de trabajo a diario, con el afán irreductible de presentar un México histórico, cultural y trascendental. Hablaba del guía que sabe dónde están los museos, explicando la esencia turística del que sabe guiar a un extranjero o turista nacional al sitio exacto donde desea encontrarse. Del que conoce las calles de la ciudad y los pormenores de su país. «Me refiero», decía, «al profesional que habla con la verdad a sus clientes, de aquel que los conduce por la ruta correcta, y deplora al chantaje y la venta comisionada mal ganada, o al ladino aprovechado para arruinar al turista. Reconozco con orgullo aquellos compañeros que evitan la simulación y ardides para salirse con la suya. Que hacen sentir a los demás que este trabajo es una labor limpia, digna, y que su comportamiento ante cualquier situación difícil responde con claridad y honestidad. No se necesita ser profesionista para ser profesional. Porque ser profesional es un título que se otorga por méritos propios». Cada vez que pronunciaba estos comentarios con sus colegas de trabajo, les sentenciaba enunciados como éstos, porque según él, tenía muchas razones para hablar y hablar acerca de estos detalles que brillaban con el esmero y dedicación de sus compañeros. Esta enseñanza, según don Carlos, debía aplicarse celosamente con el trato hacia el turismo nacional o internacional, porque quería solidificar el trabajo de ellos, reflejándolo en beneficio directo de sus próximos clientes.

Sin embargo, todas estas observaciones de sus propias sentencias llenaron su cabeza de humo. En su indagación del grado de pendejismo adquirido de manera borrascosa en que ahora se colocaba, vivía, por lo menos hoy, una situación similar al del pendejo automatizado. Volvía a repasar su examen, para ver en qué asignatura había reprobado, aunque no se quitaba de la cabeza que haber puesto la joya en las manos delicadas de Joan, era una acción de las llamadas "deber ser". *A pesar de que los hombres por su naturaleza son ambivalentes, o sea que poseen doble valor y pueden aplicar lo positivo y negativo a la vez, como efecto de prueba, frente a una misma situación. Amor y odio, por ejemplo. Es válido experimentarlo. Fundamentalmente con aquel ser o seres con los que se tiene mucha cercanía.* Se recriminaba: *No sé en qué ámbito de estas cosas me hallo, pero estoy en un abismo de emociones contradictorias a mis razones, cuyas bases he respetado por más de veinte años.* Y concluía: *Sé que hice bien, aunque sé que no lo quise hacer bien. Una persona nunca podrá afirmar si está en lo correcto o en el error, por el simple hecho de que no tiene un marco de referencia fuera del diámetro de sus cavilaciones.* Don Carlos sólo se medía con la lógica de sus pensamientos. En el océano intrínseco del pendejismo, azuzado por su idiosincrasia.

Eso sí, estaba consciente que de haber abierto un nuevo camino con una mentira, lo hubiera llevado a vivir una vida doble; estaría condenado a decir embustes y a construir permanentemente medias verdades, para que la gran mentira siguiera teniendo vida sobre su existencia, para honrar un futuro cobijado por el engaño.

Capricho de la vida

El grupo de turistas almorzó con una cara feliz saliendo inmediatamente después rumbo a la Ciudad de México para ser trasladados luego al aeropuerto internacional. Don Carlos todavía esperó una última oportunidad en el adiós final, cuando todos y cada uno de los paseantes extendía los parabienes acostumbrados, después de haber estado juntos algunas semanas. Mr. Harryed cruzó por su camino y éste se detuvo muy agradecido para confiarle su gratitud y su profunda sensibilidad:

—Jamás se borrará en nuestra memoria su honesto detalle, de verdad. Créame, nos sentimos muy felices con su probada integridad. Yo prometo enviarle un presente toda vez que llegue a mi destino. Muchas gracias —e insistió en su postura—: Agradezco su lealtad a su trabajo.

Estando en una de las salas principales del aeropuerto y con la bellísima Joan caminando a su lado, los vio partir. Su cándida esperanza por recibir alguna remuneración en especie se esfumó como el humo de las chimeneas fabriles. Nada, nada había sucedido. No hubo en absoluto nada. Simplemente adiós y punto. Aún con los ojos hinchados por la desvelada, don Carlos miró por última ocasión el cuerpo escultural de la bella doncella que horas antes apareció casi desnuda ante él, e imaginó las noches tan deliciosas que debió haber pasado el güerito disfrutando de la juventud y lozanía de esa muñeca. Masculló, entre dientes: «Y yo, sin poder dormir, aunque también es probable que ellos tampoco lo hicieron».

Este pensamiento no se fincaba en la morbosidad de las relaciones sexuales que seguramente ambos vivieron durante el viaje, tampoco lo consideraba como un comentario soez cargado de lujuria. No, tampoco. Era un aspecto simple, de admiración humana, estética y natural. Así lo veía. Él ya había probado lo suficiente de esas mieles como para seguir ansiando, fuera de casa, una aventura extra. El tema sexual ya no incendiaba su atención tanto como antes. Por el contrario, su inconformidad la encausó a Mr. Harryed en un tono de desaprobación, de disgusto, por no haberle recompensado el gesto de solidaridad que mostró en la madrugada. Estaba seguro de haberlo impresionado. No le cabía duda, acciones como las que él tuvo son contadas en el mundo. Y el míster, antes de ser millonario era un ser humano. *Quizá fui muy inoportuno,* se cuestionaba, *presentarle la joya bailando ante sus ojos, cuando él estaba plenamente borracho. Si hubiera estado en sus cabales, su reacción habría sido otra.* Pero bueno, el asunto estaba concluido y no le quedaba otra más que apechugar.

Consumado el hecho, volvía con su familia. Terminó su misión con mucho éxito. La gente partió sana, completa y segura, sin problemas. Dejando el aeropuerto tan sólo con los parabienes de cajón. Adiós, adiós y adiós en su elíptica concepción. Se puso al volante del auto y emprendió el regreso. Hoy, como nunca, quería llegar a casa. Tenía prisa de hacerlo, estar con su esposa, ser consentido por ella y que le ofreciera uno de sus mejores platillos. Eligió tomar el circuito interior, antes llamado Consulado, cruzó la avenida Misterios y siguió rumbo al monumento a la Raza, que es cónclave de varias avenidas, mientras que la marea de sus pensamientos lo retornaba al día anterior. La belleza de la joya, la voluptuosa beldad de Joan, la hermosura de esa naturaleza que poseen los campos mexicanos cuando estacionan hoteles en provincias verdaderamente paradisíacas.

Llegó a la colonia Santo Tomás, dio vuelta en la calle de Carpio en dirección del deportivo Plan Sexenal, donde sus hijos pasaban buen rato practicando el deporte. Esperó como autómata el verde en el semáforo correspondiente, en contra de la esquina de la Escuela de Comercio y Administración del Instituto Politécnico Nacional, dejó atrás los planteles vocacionales Cinco y Seis, enfilándose directo a su hogar.

Desvelado como estaba y sin dormir, acaso una hora, le pesaban los párpados de un modo irresistible, parecían dos ladrillos sobre sus dibujadas ojeras. La noche anterior había servido también para beber, por ende, su estado de ánimo rondaba por el sótano de sus sentimientos y su maltrecha apariencia corporal anunciaba a un Quijote vencido por los molinos de Cervantes. Sentía la urgente necesidad de una cerveza bien helada, para mitigar la sed y darle frescura a la garganta, que se consumía por el fragor de un bochorno lúgubre. Manejaba sin el ruido del radio en la cabina. Prefería el silencio. Sólo escuchaba el rodar de las llantas de su viejo auto. Hasta en ocasiones creyó escuchar los latidos de su corazón, notablemente irregular. Experimentaba un desgano sin igual en su organismo, no recordó antes haberse sentido así. Los latidos de su corazón le pronosticaban un mal presagio, pero no le tomó mucha importancia. Otras veces también había tenido estados de intensa depresión sin que sucediese algo fuera de lo común. Se le veía fatigado, cargando el cansancio sobre su espalda, que se encogía hacia el frente cuando el trabajo era agobiante como ahora.

Recordó cuando estuvo dentro de la cárcel en años difíciles en que su familia pasó tragos amargos, en los trágicos acontecimientos de 1968. En aquel entonces su depresión alcanzó niveles superlativos sin que hubiera manifestado serias deficiencias de tipo cardiovascular. ¡Qué momento! Las calles que recorría en ese instante rescataban en su memoria los hechos de aquellos años, que le vinieron a la mente por la repentina asociación de sus malestares. Lo visitaron inesperadamente recuerdos de extrema viveza, pasajes suscitados en aquel Tlatelolco sangriento. Momentos que se respiraron en el Casco de Santo Tomás, lugar que justamente ahora transitaba en su automóvil. Aquí, donde subsisten todavía diversos planteles del Politécnico que fueron materialmente asaltados, arrasados por la Policía y las fuerzas del Ejército.

Fueron tiempos en que a los jóvenes se les acusaba tan solo por el crimen de ser estudiantes. Serlo era tan peligroso como ser delincuente, por lo menos en aquellas zonas de la ciudad, en donde los conflictos estudiantiles eran un verdadero dolor de cabeza para el Gobierno. No había tolerancia de las autoridades hacia la masa estudiantil. Así se dejaba sentir en la conciencia de los ciudadanos de la Ciudad de México. Esas fueron las reminiscencias que de súbito le vinieron a la mente. Calles que fueron tomadas por las fuerzas armadas. Fachadas completas de edificios que fueron baleadas, agujereadas. Inquilinos como él y tres de sus hijos —Carlos, Gerardo y Roberto— fueron secuestrados de sus hogares con todo el propósito de crear pánico en la gente.

No se olvida tan fácil lo que ha dejado las huellas del tiempo. Lo golpearon, lo sacaron del edificio al que en ese momento llegaba. Lo obligaron a salir casi desnudo a las cinco de la mañana de un día de septiembre que será imborrable en su memoria, acaecidos un poco antes de los acontecimientos del dos de octubre, en que perdieron la vida cientos de estudiantes en la Plaza de las Tres Culturas. Cómo olvidar aquellas amenazas de los soldados, que parados al lado de las escaleras en el interior de su edificio, al ir bajando le gritaban: «Arriba las manos, póngalas sobre la nuca» y obedeciendo don Carlos con pánico a la orden dada, el siguiente soldado que le tocaba rebasar, bajando los escalones, lo recibía con un culatazo en el estómago, doblándolo irremediablemente. Le repitieron la dosis al trayecto de dos pisos mientras bajaba las escaleras. Alcanzó la planta baja con dos costillas rotas y el brazo derecho luxado. O sea, si bajaba los brazos le daban un mazazo en la cabeza y si los subía, le pegaban en el tórax. ¡Qué poca madre!

En aquellos días la imagen de los soldados ante la gente era de mezquina brutalidad. *No sé por qué los mexicanos tardamos,* seguía don Carlos en sus profundas introspecciones, *años en desprendernos racionalmente de ese tipo de paradigmas. Muchos como yo, vivimos desafortunadamente en un país bordado y tejido bajo la tela de la violencia. México no es libre y sus ciudadanos son presas de un puño de facinerosos.*

Y así fue como lo humillaron, casi arrastrándolo por las escaleras con sus hijos detrás. Una vez dentro de la apretujada celda, lo acusaron de una serie de estúpidos e inexistentes cargos, que sólo la invención de quien se dedica a la delincuencia puede crear. Claro, la experiencia de estar encarcelado no le trajo nada bueno, como era de suponerse, pero le dio la oportunidad de conocer otra faceta de la vida. Estando tras las rejas el panorama era desolador. Por un lado, se percataba de ordinarios grupos que, orillados en una esquina de la enorme galera, se dedicaron a evocar canciones románticas, muy nostálgicas, cuya letra mordía su alma cantadora. Después le entraban duro a la llorada, cual bebés tras el biberón. Mientras en otro lado de la misma galera, estudiantes de diferente inclinación académica, junto a unos extraños extranjeros, vociferaban y comentaban con ardor los acontecimientos últimos que les llegaban desde el exterior. Asegurando inclusive que el centro de la Ciudad de México no era el único sitio que presentaba sendos levantamientos estudiantiles. Se enteraron de buena fuente que en el estado de Puebla sufrían varios problemas similares de estallido social. Noticia que enardeció a los jóvenes, cuyas pretensiones era crear un verdadero desorden social en el país. O sea, querían desestabilizar al gobierno mexicano. Ir a la anarquía total.

Entender y comprender la ansiada inquietud de los jóvenes, en un conflicto lejos de control por las fuerzas del Gobierno, era una tarea imposible en esos días. Todos sabían que había mano negra en todo este embrollo, tal vez por ello el Gobierno justificó su ataque con metralletas en Tlatelolco. Por otra parte, numerosos bandos anárquicos de origen estudiantil dejaron en entredicho a las Fuerzas Armadas, a quienes entonces les tocó tragarse el episodio. Según don Carlos, al Gobierno de entonces le faltó una buena estrategia para sujetar y controlar el conflicto. Nunca fueron capaces de sentarse a discutirlo, planearlo, estudiarlo. Siempre pensaron que era un pleito nacido entre planteles escolares. Un inocente altercado entre estudiantes ardidos. Comprendieron demasiado tarde que éste era un asunto de alta trascendencia, no pudiendo evitar que se derramara tanta sangre.

Desde su punto de vista, las autoridades nunca imaginaron que esto ocurriría. No dimensionaron las consecuencias, ni a corto ni a largo plazo. Porque de haber sido así, el número de muertos no hubiese sido catastrófico, ni tan trágico. Las noticias en el mundo hubieran denunciado otro final, menos cruento. Meramente diplomático. Pero el Gobierno de Díaz Ordaz fue cándido, sin pensar en que agrupaciones anárquicas de forma subterránea hicieran de las suyas dentro del seno estudiantil y que estos mismos incendiaran a la juventud mexicana. Era cierto, México no era un país modelo, le seguía faltando mucho para serlo, pero tampoco era para llevarlo al arrebato.

Hay algo que la historia no archivó. El número interminable de mexicanos que quedaron varados en la nada, al verse sin sus hijos. Sin conocer su paradero. Sin tener noticias desde su desaparición. Uno de tantos casos fue el de la señora Rosario Ibarra de Piedra, que toda la vida que le sobró la gastó para hallarlo, pero no lo logró. Seguro lo desaparecieron.

Don Carlos y tres de sus hijos mayores estuvieron cinco noches y seis días encerrados en esa cárcel de paredes pintarrajeadas, orinadas y apestosas. Después volvió a ver el sol. Pero esa oscuridad enrejada nunca la olvidaría. Desgraciadamente volver a casa por esas calles, cruzar las avenidas en su cotidianidad, no le quitaban esa idea que había tatuado con ciertos vicios nocivos en su memoria, a la que ya consideraba como un dibujo imposible de borrar.

Llegó a su domicilio. Abrió con su llave el portón negro del edificio y volvió a cerrarlo con obsesivo recelo. Eran aproximadamente las cinco y media de la tarde. El pasillo interno denotaba una evidente penumbra cuando ésta empezaba a escurrirse entre su espacio. Subió las escaleras poco a poco, sujetándose todo el tiempo al barandal negro, viejo y gastado, que lo llevó hasta el segundo piso donde vivía. Metió la llave, entró y cerró la puerta de su casa sin percibir ruido en su interior. Caminó de la sala hacia las recámaras hasta llegar al baño, donde se imaginó que alguien estaría, pero no encontró a ninguno. Regresó a la sala, giró hacia la derecha para hallarse en la cocina con la misma suerte, tampoco ahí había nadie. Ni sus hijos, ni su cónyuge. Se quitó el saco y la corbata, los colocó sobre el respaldo de una silla con tubos cromados, con el asiento de vinilo despintado y roto, donde se asomaba la madera atornillada. Fue nuevamente a la cocina y extendió su brazo para alcanzar un vaso de vidrio dentro de la alacena. Tenía sed y quería colmarla tomando varios vasos con agua. Él no acostumbraba tomar licor, pero en la velada anterior rompió ese larguísimo paréntesis establecido orgullosamente en su vida, por lo que ahora se consolaba respondiéndose que el fin ameritó la intención. Cogió el vaso y lo colocó debajo del grifo, paseando la vista por lo descascarado de los bordes del lavadero y sus paredes. Se fijó en los despostillados trastos que lucían los parches negros de desgaste encubierto, en lo maltratado del lavadero donde por costumbre su mujer lavaba los platos, las tazas y los cubiertos, después de la comida. Tomó tres vasos con agua, volteó su trasero y se recargó sobre la pared del lavadero, cruzó las piernas en son de paz consigo mismo, dejando caer su mirada al piso carcomido, estableciendo sin remedio la gran diferencia entre esos hoteles lujosos donde habitualmente rondaba y la atmósfera de su casa. *Por Dios, qué contraste*, se dijo. Imposible evitar el acceso al llanto, se llevó el antebrazo al rostro con mucho coraje, pensó que en cualquier momento su esposa le iba a sorprender. Era lo que menos deseaba. Así que controló sus lágrimas, limpió sus mejillas como pudo, depositó el vaso sobre la misma alacena, caminó hacia el comedor, ubicándose junto a la sala. En ese momento miró la hoja de un papel recargado en la jarra de agua, que se hallaba en medio de la mesa. Algo tenía escrito que llamó poderosamente su atención. Lo agarró rápidamente y leyó:

"Amor, no tardaremos demasiado, estamos en el mercado sobre ruedas. Desconocemos la hora de tu llegada, pero por si acaso, te avisamos que estaremos vendiendo unas botellas de refresco que sobraron de las fiestas que han hecho los muchachos con sus amigos. Aprovecharé para rematar una ropita usada que alguna vez compramos por mayoreo. Si es que llegas primero, sírvete, te preparé comida, la dejé lista sobre la estufa. Te quiero".

Don Carlos sintió que el corazón se le hacía pedacitos. Se fue de bruces al recibir la noticia de su extrema realidad. Experimentó una vergüenza mayúscula por la incapacidad de darle a su mujer lo necesario para la manutención de la casa y de sus hijos. Tan orgulloso como era, ese mensaje representaba la autenticidad de sus quebrantos. La doliente situación lo transportó automáticamente a ese pasillo silente y solitario del hotel que había dejado la madrugada anterior sin un tesoro millonario en sus bolsillos. Enmudeció su conciencia. Se percató del mismo silencio, tormentoso, evocador, hostil que unas horas antes percibió. Entre su soledad y ese mutismo memorizado, trascendió su fragilidad, buscaba una huella en su arrepentimiento, por no haberse atrevido a rasgar su honestidad, dándole un vuelco respetuoso a su vida.

Se encaminó hacia la ventana, a su ventana, en busca de refugio consigo mismo. Cuando llegó a ella se percató de sus orillas descarapeladas. Mordidas por el tiempo. Con los postes oxidados y despintados. Esperando por siempre que su dueño la remozara. Increíble, la ventana también le reclamaba. Ahí estaba, como siempre, esperándolo. Benévola, afable, obsequiosa. Oidora de sus cuitas y amarguras. La ventana del tiempo. Donde pasan los sucesos. No impidió más que sus lágrimas corrieran libremente por sus mejillas. Pensó en sus hijos, en su esposa, en los mil deberes y en que no tendría jamás para comprarse una casa por lo menos seminueva. Recapacitó en sus absolutos, en sus pedazos, y en las partes en que se componía su realidad. En sus decisiones. En la forma cotidiana de amalgamarlas. Otra vez ingresó al campo de la reflexión, al terreno de su tibia mediocridad económica, al de sus carencias, a la falta de recursos de su familia. Aunque ahora en sus bolsillos había dinero, éste no alcanzaría para cubrir las necesidades que sus ideales requerían. Tan desmoralizado estaba que la tristeza lo invadió por completo, haciéndolo su esclavo. Don Carlos se preguntó si valía la pena haber llegado hasta aquí, y fue entonces que sintió envejecer su juicio, su entendimiento. Lo juzgó senil, anacrónico, extemporáneo. Calculó que iba a ser imposible subir la cuesta que de joven tardó en tomar. No llegaría a poseer en estas condiciones todo lo que él consideraba básico para la felicidad de su familia, por más que extendiera sus años.

Experimentó la frustración más honda de su vida. Se cubrió el rostro con las manos dando rienda suelta al llanto. Lloraba y lloraba sonoramente, sin importarle que alguien lo pudiera escuchar. Quería gritar y gritar, cada vez con mayor intensidad, como niño cuando el capricho de sus días no le da lo que desea. Sintió punzadas en el pecho, un dolor agudo en el brazo izquierdo, pero su dolor en el alma era más devastador que el de su tórax. Concentrado en su dolencia moral y en su quebrantado espíritu, sumado a la desgastante trasnochada, a su cansancio; la figura de este Quijote reflejó los estragos del deterioro estropeado en su organismo. Solo, con el jugo del sufrimiento y sus internas tempestades, se autocalificaba como padre, como esposo. Olvidándose de sí mismo nuevamente, se arrojó al abismo de sus introspecciones sin sospechar que el corazón en ese instante decidía ya no acompañarle en sus fijaciones.

El dolor en el pecho cada vez cobró mayor importancia, sintió que el torso se le encogía como esponja cuando es exprimida, como si una daga atravesase sus arterias. La dolencia cruzó el umbral de sus pensamientos hasta hacerlo perder las fuerzas y sostenerse en su vertical compostura. De pronto la sensación se tornó intensamente punzante, como si el pecho fuese atenazado por una prensa y la opresión tan grande que esta aflicción le dio a entender que no podría volver a respirar libremente. Se ahogaba entre el llanto que ya no fluía y su endeble respiración. Con toda su amargura se sujetó de la vieja ventana implorando a Dios que no se lo llevara todavía, como si Él fuese el responsable de su partida. O como si pensase, a punto de la inconciencia, que merecía su reino que consabidamente nunca buscó. No era tiempo para irse, se ordenó insolente, consideraba incompleta su tarea en este mundo. *Déjame seguir andando por favor*, suplicó enseguida desconsolado, al tiempo que deslizaba su cuerpo por la orilla de la ventana, cayendo irremediable, mientras su diestra se afianzaba en la solera central de la estructura. La mano izquierda abrazaba a su caja torácica sofocante, quizá rogándole a esa ventana un último favor, de los que acostumbró pedirle durante muchos años.

En ese inacabable suplicio se encorvaba, angustiado por estar solo en un momento tan difícil. No quería morir solo, al pie de su muda confidente, la ventana. Mientras el dolor penetraba por debajo de las costillas hasta arrinconarse en la profundidad del tórax, hasta sujetarle las mandíbulas. Esperaba el pinchazo final. El que iba a dejarle sin aliento, suficientemente violento como para quitarle la vida. Y nadie a su lado. Caprichos del destino. *Después de haber tenido tanta familia, ninguno me acompaña a esta hora.*

El dolor al fin lo inutilizó, se dejó vencer. Así como la víbora inhabilita a su víctima para engullirla. Ahora estaba listo para ser tragado por la muerte. Entonces, sin remedio cayó al suelo con todo su peso. Su cuerpo quedó extendido, pendiente de cada segundo que la ventana atestiguaba, certificando la caída del vencedor que al fin se daba por vencido.

Agónicas miradas

Sus ojos quedaron fijos en la luz que entraba moribunda por la ventana, testigo de la tarde lastimera, igual que él, mientras que su cuerpo sudaba en exceso, extendido sobre el color café de los mosaicos, hasta quedar completamente quieto, agonizante. Su rostro espejeaba desesperación; se sentía contrariado y afligido en la antesala de su partida. En ese tránsito lúgubre estaba cuando de pronto oyó penetrar una llave en la cerradura. Pensó de inmediato que era su esposa que entraba a casa. No se equivocó, en efecto, era su mujer. Quiso llamarle, gritarle, patalear para que lo auxiliara, pero no se podía mover, tan solo el sentido del oído le agudizaba la percepción.

Lo primero que Tachita, su esposa, vio, fue el saco de su marido. La corbata colocada justo en la parte media del cuello de la silla remendada. De inmediato posó su mirada en las paredes próximas de las recámaras y sus viejos pisos de madera que, al pisarlos, rechinaban. Crujidos sonoros por lo que don Carlos se enteraba hacia dónde se desplazaba su mujer. Ella presentía que su marido estaba ahí, el carro estacionado afuera delataba su presencia, sus ropas en el comedor. *Seguro está aquí*, se aseguró ella. Al querer esquivar la mesa para ir a la cocina se asomaron las piernas de don Carlos que temblaban sobre el piso. Corrió hacia él con verdadero espanto, imaginándose lo peor. No se equivocó. Al llegar hasta su cuerpo exánime, ver la cara de su cónyuge amarillenta, con los ojos en el vacío, se apresuró a prestarle ayuda, sin saber exactamente por dónde empezar. Rápido puso en práctica lo que su viejón algún día le había aconsejado, tratando de no entrar en pánico.

Ella jaló como pudo el cuerpo de don Carlos. Quería tener su cara recargada en sus piernas, casi a la altura de su regazo. Arrodillada en torno a la cabeza de él, encontró el modo de levantarlo y lograr su objetivo. Inmediatamente después buscó hacer descansar su espalda en la pared, debajo de la ventana, y en esa posición deseada, pudo entonces comenzar a realizar el trabajo de cuidados a su atribulado marido. Empezó hablándole despacio y casi al oído, con mucha ternura, mientras que sus manos le desabotonaban el cuello de su camisa y aflojaban las mangas de ésta. En seguida se apresuró a desajustarle el cinturón, que se notaba le apretaba un tanto. Habiendo estado en esta postura varios minutos, tuvo que buscar el modo de quitarle los zapatos y calcetines, para hacer que él se sintiese lo más cómodo posible y fluyera libremente la sangre por su cuerpo. Así que movió la cabeza de su esposo hacia sus piernas, y, estirándose al máximo, logró después de muchos esfuerzos quitarle su calzado. Ahora sí, estaba en mejores condiciones de escucharle, de prestarle atención a sus últimos quebrantos. Él se encontraba semiconsciente.

Ella no era doctora, pero supuso por lo que sus ojos presenciaban, que en ese momento su querido hombre era atacado por un infarto. Puso sus manos en el pecho y sobándole con la mayor presión que su postura le permitía, inició los masajes que algún día él mismo le enseñó. La idea era rehabilitarlo lo más pronto posible. Fijó la mirada en su boca y se percató de que la lengua le estorbaba para respirar, así que rápido introdujo sus dedos y la movió como pudo hacia un costado de la cavidad bucal. La respiración mejoró un tanto. Sus pulmones recibieron el aire otra vez. Levantó la frente de don Carlos buscando que la agonizante luz que entraba por la ventana le diera en su rostro pálido. Jaló cuanto aire pudo e inició el trabajo de respiración artificial de boca a boca. Ignoraba si lo estaba haciendo bien. Lo que ella buscaba era lograr que respirara mejor, porque él se ahogaba estando en su regazo. Repentinamente su mirada encontró un tapete abandonado, se hizo de él, depositó la pesada cabeza de su esposo en éste y, en mejor posición, realizó los trabajos de resucitación cardiopulmonar.

Don Carlos comenzó medianamente a responder. Ella se dio cuenta de que sus mejillas estaban húmedas; había estado llorando y lo notaba muy abatido, como nunca, en todos los años que vivió con él. No encontraba más que hacer. También le masajeaba las mejillas y las limpió con un pañuelo que le sacó de los bolsillos de su pantalón. Le miró a los ojos buscando una palabra del moribundo querido, conocía de sobra a su viejo. Él quería decirle algo, pero apenas podía balbucear sonidos guturales. Adivinó que deseaba ser abrazado por ella, y lo hizo, no podría ser de otra manera en los momentos difíciles, amargos y penosos. La convergencia sentimental entre ellos era bastante intuitiva desde siempre. Es decir, el amor que existía entre ambos superaba muchas veces la tradicional comunicación, y lograban establecer contacto con la simple mirada. Tenían el dominio suficiente para llegar al significado de sus anhelos, de sus lamentos, de su lenguaje corporal y sus pasiones por la vida. Poseían el poder para leer en sus ojos lo que necesitaban.

Su señora proseguía con los masajes en su pecho y, de vez en vez, con la impulsión de aire a sus pulmones, para prodigarle vida hasta donde sus fuerzas se lo permitieran.

—Viejito lindo —le decía en tono misericordioso—, aquí estoy yo, no estás solo. No te preocupes, pronto pasará esto y te pondrás mejor. ¿Cómo te sientes? ¿Qué ha ocurrido? Respóndeme por favor, ¿puedes?

Mientras hablaba le acariciaba el escaso pelo, moviéndole las canas y los pequeños rizos que dibujaban su cabellera. Siempre le gustó a don Carlos traer el cabello muy corto, decía que era signo de higiene y de buena presencia. La doña se dio cuenta de que su esposo se iba, que hiciera lo que hiciera, se iba a ir. Ella leyó la muerte en la languidez de su marido caído. Por lo que decidió volverlo a su regazo, encima de sus muslos y esperar el desdichado final.

En la endeble condición en que se hallaba, don Carlos supo que estaba al borde de la muerte. Sin movimiento alguno y amparado en los brazos de su mujer, adoptó una actitud muy tierna en un momento extremadamente patético. La presencia de Tachita había contrarrestado su resistencia a la muerte. Comprendió que ya no le quedaban fuerzas y no quería oponerse más en esa tarde otoñal, así que aflojó su cuerpo en esa anemia acelerada que marcaría el final del tiempo. La meta pensada pero no programada.

La vida se iba y daba paso a su rival, la muerte. Sólo era cuestión de esperar el último latido sin miedo al viaje de lo desconocido. Ahora, con la mirada cansada, depositada en el rostro de su esposa, le daba las gracias por todo. *Muchas gracias por toda la felicidad. Por nuestros hijos, por el inmenso tiempo que me dedicaste, por no dejarme solo nunca, ni siquiera en la hora de la muerte.* Haciendo un esfuerzo supremo, su mano buscó la de ella que en el viaje encontró, sin perderle la vista a su rostro. Ambos se estaban comunicando en esa percepción amorosa que sólo dos almas gemelas pueden dignificar. *Adiós mujercita de mi alma, que Dios te bendiga. Ya no resisto, me siento cansado para seguir jalando la carreta, ahora te toca a ti,* pronunciaba en sus adentros.

Y, aun así, postrado, estaba plenamente seguro de haber tomado una decisión correcta en cuanto al asunto del brazalete, que luego el pasaje surcó en su mente desvalida. No se arrepentía. A pesar de su lamentable agonía se dio cuenta de que la recta de su vida la había tomado tarde. Comprendió que el sendero escogido hacía poco más de dos décadas no había arrojado sus frutos con la debida oportunidad. Que la vida no se forma solo con una quincena de anualidades de trabajo solidario. Se requiere una total subordinación a la enseñanza y disciplina desde el principio. Desde que amanece la razón y el sol se pone en la ventana del entendimiento. Hoy comprendía a sus padres cuando manifestaban su repetida frase, "no hay tiempo que perder". Comprendía que el horizonte bifurca en muchos caminos y el hombre mejor preparado sabe elegir atinadamente el porvenir que le toca. Aunque él se empeñó en alcanzar al tiempo y acortar las distancias perdidas, ahora ceñía su final a la voluntad que tuvo para sobreponerse, convirtiéndose en hombre probo y de recta moral, como la determinación que a poco había tomado, la cual, para él, merecía todas las alabanzas. *Bono sin pago, pero sin arrepentimiento, no tengo dudas,* pensó con terquedad. *Así debí haber ejecutado todas las cosas desde mi juventud.*

Le digo adiós a mi tierra linda y querida; me despido de sus montes y de sus tierras mestizas y cafés; me llevo el recuerdo de sus cielos azules y mares inmensos; de sus paisajes de ensueño, de la Barranca del Cobre, de las Lagunas de Montebello que tanto admiré a un paso de su luz; de las Cascadas de Agua Azul; del

Cañón del Sumidero, que su imponente caudal me impresionó; de la fabulosa Cola de Caballo. Me uniré a mis amigos que se han ido primero. Le doy gracias a la enseñanza de muchos libros que hicieron conmigo amistad. A mis lecturas de ensoñación. A Carlos Fuentes por la "Muerte de Don Artemio"; a Octavio Paz por su "Libertad bajo palabra"; a Gabriel García Márquez por sus "Cien años de soledad"; a Rosario Castellanos por su "Álbum de familia", a Juan Rulfo por su famoso "Pedro Páramo"; y a Luis Spota por "Rostro del sueño".

Me llevo impregnado los sabores de mis placeres culinarios, del pozole y de la birria, a mis jarros de café de olla. A mis tequilas, mezcales y pulques que saboreé en las cantinas de mi inflamado México. Al jarabe tapatío y al Son de la Negra, a las guitarras y los violines, a la marimba chiapaneca y a la trompeta del mambo. Pronto estaré en el espacio de mi Dolores del Río y Pedro Armendáriz, de José Alfredo Jiménez y su clásica filosofía. También le digo adiós a mi Pancho Villa y al rebelde Zapata, a Don Lázaro Cárdenas y su expropiación petrolera. A Frida Kahlo y Diego Rivera por su invaluable legado. Dejaré en paz finalmente a las caderas y a las trenzas, a los aromas y a las caricias femeninas, a sus besos y abrazos. Gracias al amor que tanta gente me prodigó. Adiós a mis hijos que tantas veces en ellos pensé.

Tirado en la sala cual muñeco de trapo le hacía frente a lo inevitable. Había pensado muchas veces acerca de qué haría en ese momento. Reflexionar profundamente. Elaborar veloz la historia analítica de su vida. Pedir perdón por haber causado tanto daño consciente o inconscientemente. Orar para encontrar salvación en la hora de su partida, o sentirse agradecido con la muerte para evitar impuestos, deudas y pendientes. También había reflexionado acerca de aquel sentimiento casi obligatorio de darle a Dios el postrer agradecimiento por la vida que le fue dada y la que formó. Porque hasta hoy estuvo conforme con el modo en que transcurrió su vida. ¿Arrepentido? ¡Qué va!, si tan sólo veinte años fueron los de ardua conciencia. El resto fue placer, encanto, ensueño, gozo. Del cero al diez; o, dicho con distinto tono, del hoyo a la superficie. Terminaba completo. En lo que realmente no estaba conforme era que no dejaba nada material a su familia, ningún apoyo económico, ni casa, ni dinero, nada. De ahí la angustia interminable basada en la imposibilidad de materializar sus deseos. Alguna vez su Tachita le señaló preocupadamente en la intimidad, que lo mejor que podía dejarles a sus hijos era su ejemplo, su trabajo, su escuela y el respeto a su papel como hombres. «Olvídate de bienes materiales», le decía, «el resto va y viene, hoy lo tienes y mañana se va».

De adolescente los sueños lo arroparon denodadamente. Soñó en sacarse la lotería. En encontrar una amante regocijándose con sus billetes. Recurrió, entrada su juventud, a la creación de un negocio que sumara y multiplicara sus dineros, ampliar sus locales en cadenas de tiendas de giro similar, hasta volverse un distinguido comerciante. Pero cuando tuvo su oportunidad con la joyería que puso, tampoco dio resultado, las ganancias se evaporaron en la sinuosa francachela de sus ayeres alcoholizados. Sin embargo, su madura consecuencia sí le había otorgado correspondencia finita, porque gracias a su experiencia acumulada, reformó sus hábitos y costumbres convirtiéndolos en ventura. Fue necesario que cumpliera sus treinta y cinco para darse cuenta de que él era también un ser humano que calzaba y tenía estatura.

Calmada la marea después de la agitación imberbe, flotó y navegó viento en popa con nuevos mapas, para descubrir que los horizontes se develan con la verdad entre los ojos y la mente sana. Prescindió de la lujuria y la mentira para sobrevivir en un mundo real, donde solo se hallan gentes luchando contra la pobreza. Sí, aunque parezca increíble, don Carlos moría satisfecho, no por el berrinche de aquella recompensa frustrada del güerito que nada prometió, ese asunto estaba zanjado, hizo lo que debía y punto. Su moral y honestidad mantuvo intacta su intachable personalidad. No era eso en lo que se debatía. Ahora su desvanecimiento ocurría por fatiga, por efecto del trabajo, porque nunca se dio un descanso en el paso de los años. Porque poco o nada se preocupó por ver a un médico que vigilara su salud. Porque al final de su camino comprendía que la madurez no se fabrica en un amanecer. Muchos años habían sido vanidad, dispendio, teatro. Se sintió conforme de haber encontrado la fórmula para llegar a ser quien realmente quería ser. No había dejado de ser el que quiso ser, desde siempre. Hoy, por encima de sus hombros, ese sentimiento lo acompañaba en este último instante.

Solos en la sala y tirados en el piso no se separaron un instante más. Los dos esperaban que el mundo acabara. Ninguno quería parpadear, ambos se mantenían conectados en el seno de su amor inextinguible. *Perdón por la pobreza en que te dejo*, parecía decir el maduro moribundo, *nunca pude darte una vida holgada. Gracias por haber aceptado mi pasado y mi presente. Tú fuiste mi paz y el alivio anhelado. Lo demás fue guerra, competencia, violencia, pasión infecciosa.*

Don Carlos daba gracias a este instante precioso de la vida, la gloria de la despedida. Vivir el momento cumbre de su existencia. Hay que saber vivir para saber morir. Estaba en casa con su mujer, se estaba yendo despacio y el silencio comenzó a inundarlo. Percibía todavía que ella no se cansaba de acicalarle su cabello. Pareció verle los ojos mojados y tristes, haciéndole compañía en la partida. Tantos años que viajó, meses que se ausentó, larga distancia recorrió sin que la muerte lo llamara. Se le concedió el deseo de morir en casa, en los brazos de la mujer que tanto amó. Ahora, su corazón poco a poco dejaba de latir y también, en el momento final, reconoció la gratitud de la muerte. En eso sintió una bola de saliva que se atoró en su garganta y ya no le dejó respirar.

Sí, separó perfectamente al final de su camino la verdad de la mentira. Supo y quiso abanderar su verdad en cuanto se enteró de su capacidad de aplicarla. Encontró el valor de ser lo que quería ser. El deber ser. Desde entonces ejerció su razón de ser inspirado en el amor a su familia, a su trabajo y al país donde vivía. En su momento no podía negar lo que es y afirmar lo que no es, porque es falso. De ahí que, con un sentido totalmente empírico, pudo juzgar todas las cosas según su conveniencia. Que no existió otra verdad que la de su juicio. Estar de acuerdo con él mismo, ya sea que se tratara de cosas o de causas, por lo que concluía en rechazar aquello en lo que no estaba de acuerdo. Su verdad era su revelación estructurada a base de sensaciones, de intuiciones. Así desfiló por este mundo, se jactaba orgulloso de su origen. Del México donde nació, de la trascendencia de sus pensamientos en plena madurez. Su verdad fue dedicarse a ser padre y esposo, amar a la naturaleza y cuidarla. De ser el ejemplo itinerante en su oficio, de amar con pasión la lectura y sus experiencias formativas. Y de que sus juicios y opiniones tuvieron cabida en esta tormenta de humanos voraces que esgrimen a diario la ira, la violencia y la ventaja.

Ahora se iba reconciliado consigo mismo, en paz, bajo la custodia de su esposa.

Don Carlos dejó de sujetar la mano de su esposa y sus ojos perdieron la vida. Fue entonces cuando ella inundó de lágrimas el rostro de su marido a quien lo vio sin sentido, rendido y acabado. Allí estaba tendido y muerto quien le había dado muchos hijos, muchas noches de amor, muchas alegrías y enseñanzas interminables. Toda la abundancia y toda la escasez, pero principalmente la verdad de su experiencia.

⌘⌘⌘⌘

Tres semanas después de haber enterrado a don Carlos en un panteón situado al norte de la Ciudad de México, su viuda recibió en casa la visita de un par de ejecutivos muy bien vestidos, de la empresa en donde su difunto marido estuvo trabajando durante los últimos años.

—Señora, muy buenas tardes —comenzó diciendo uno de ellos muy respetuosamente, haciendo una reverencia hacia la viuda en tono bastante severo, con extremada solemnidad. Usted debe saber que nosotros sentimos mucho la pérdida de don Carlos. Su esposo era muy querido y admirado por todos. En la oficina lo extrañamos mucho. Su muerte nos deja una ausencia irreparable, porque será sumamente difícil encontrar a otro hombre tan trabajador, preparado y honesto, como lo era don Carlos. Créame que él era un ejemplo gratísimo para todos nosotros. Y para muestra, querida señora, venimos hasta aquí para anunciarle muy orgullosos, si es que esto puede aliviarle un tanto su dolor, que su esposo se ha hecho acreedor a un premio económico concedido por un turista canadiense de nombre John Harryed, quien, junto con otros turistas, conformó el grupo último que comandó don Carlos el mes pasado. Pues bien, este generoso pasajero le ha enviado cinco mil dólares de recompensa, por haber devuelto una joya de un valor veinte veces más que esta cantidad.

—¿Cinco mil dólares? —respondió la viuda verdaderamente sorprendida.

—¡Sí señora, cinco mil dólares! —repitió el ejecutivo con todas las palabras hechas garras en la boca, al momento en que éste aprovechó para hacerle entrega de un cheque por el valor anunciado. Entonces el silencio reinó durante largos segundos en esa casa de luto.

Mientras que a la viuda le extendían un documento a firmar para corroborar que el cheque efectivamente había sido entregado a los deudos.

—Queremos manifestarle, además —agregó quien acompañaba al primer ejecutivo—, que como administradores de nuestra empresa de turismo internacional nos sentimos muy honrados por la pasada conducta mostrada por su marido, quien con su actitud ensalzó el prestigio de nuestra compañía. Por lo que estamos muy satisfechos del trabajo de su señor esposo. Al momento mostró una carta firmada por Mr. Harryed en donde constaba la felicitación y agradecimiento al despacho en cuestión, por sostener entre sus filas a una persona como don Carlos, quien era digno de un franco reconocimiento.

Después de leer la carta y sin desprenderse de la misma, la señora tomó el cheque en sus manos y vio la cantidad. ¡Cinco mil dólares! Sí, sus manos ahora sostenían el producto de la honradez y los valores de su cónyuge, si es que éstos pudieran tener un precio.

—Además señora —prosiguió diciendo el mismo ejecutivo—, nuestra empresa ha acordado en extenderle a usted otra cantidad de dinero que, por cierto, no se acerca siquiera a la mitad que acaba de recibir, pero sentimos que por lo menos puede ayudarle a sufragar algunos gastos que usted considere convenientes en el futuro.

Dicho lo anterior, entregó el segundo cheque, por valor de diez mil pesos, saliendo del domicilio de la viuda de don Carlos, a la que no pudieron reiterarle su pésame, porque su llanto no se los permitió. También porque todos sus hijos, al unísono, se le acercaron para consolarla en una acción conjunta de lealtad, fuerza y fe.

Estimado lector(a) aquí le dejo mi correo electrónico y página
web por si desea compartir sus comentarios
o leer más acerca de mí. Gracias.
romel1947@hotmail.com
www.romel.mx